缺

孟丽 著

中国书籍出版社
China Book Press

图书在版编目（CIP）数据

缺 / 孟丽著. —北京：中国书籍出版社，2021.1
ISBN 978-7-5068-8108-1

Ⅰ.①缺… Ⅱ.①孟… Ⅲ.①诗集—中国—当代
Ⅳ.①I227

中国版本图书馆CIP数据核字（2020）第225677号

缺

孟 丽 著

责任编辑	牛　超　王星舒
责任印制	孙马飞　马　芝
封面设计	中尚图
出版发行	中国书籍出版社
地　　址	北京市丰台区三路居路97号（邮编：100073）
电　　话	（010）52257143（总编室）（010）52257140（发行部）
电子邮箱	eo@chinabp.com.cn
经　　销	全国新华书店
印　　刷	河北盛世彩捷印刷有限公司
开　　本	880毫米×1230毫米　1/32
字　　数	195千字
印　　张	9.5
版　　次	2021年1月第1版　2021年1月第1次印刷
书　　号	ISBN 978-7-5068-8108-1
定　　价	59.00元

版权所有　翻印必究

自序

一些观点，关于诗歌

[1]

自觉并无足够能力来面对这个词语以及她所归属的世界。一个赤贫的人，涉足宫殿，内心并非一味喜悦、惊动，而是惶恐且愧怍的。于我来说，诗歌就是辉煌的殿堂。虽然在时下她蒙尘蒙垢，甚至被唾弃和嘲讽，但并不会因此有损她自身所拥有的高贵品质与精良质地。好的事物终究是好的，走进一座数百年以上的古宅旧宫，若能虔诚相待，心怀敬意地去抚摸她的廊柱与雕漆，一定会感受到岁月难以侵蚀的纯良。好的事物，必由纯粹的心血和意念构筑，一丝不苟，无懈可击。

诗歌最繁盛的时代当属唐宋，这是公认的定论。可是，汉语在任何一个时代都具备了丰沃富饶的意蕴，《诗经》虽为选本，但如同三江源一样清澈纯净的语言和朴素真挚的诉说，令人一读再读，永不生厌。"关关雎鸠，在河之洲"，"蒹葭苍苍，白露为霜。所谓伊人，在水一方"，"七月流火，五月鸣蜩"……时时读诵，时时动容。稍后，屈子独领风骚，将诗歌园地的瑰丽几近独自占尽。一句"路漫漫其修远兮，吾将上下而求索"，悲怆刚毅，用来作为这个悲剧男子和其所处时代的写照也是妥当。两汉乐府，"感于哀乐，缘事而发"，《古诗十九首》以清平诉哀怨，冠冕五言。魏晋东西，南北分朝，被时代的萧萧秋风刮尽繁丽花叶，枝干铮铮，刚朴劲韧，如果摘下一段细细咀嚼，唇舌会染上浓烈的凄苦。唐代富庶繁荣、气象磅礴，文化上等同国势，恢弘豪放。中国诗歌史上的两座高峰，李杜双子并立，无可比肩，诗歌园地百花盛放，灿若云霓。自宋以降，诗歌以词的形式走上文坛，长短错落，娇俏灵动，作为诗之余，亦明艳动人、姿色出尘，喝够了大唐的烈酒，尝一盏明前清茶，亦沁人心脾。

　　白话文出现前，诗歌始终是文坛的常青树，她发出幽微但真实的声音，以特有形式展现时代的美与丑、善与恶、悲与喜。古典诗以各种形式、风格、内涵将汉语锤炼到了炉火纯青的地步。现在仍有许多人难舍古典诗词的情结，坚持写古体诗词。可私下里觉得韵味毕竟是衰了的，那种神韵，我们这个时代的人恐怕很难追上了。心内思之，颇觉遗憾。古典诗词创作囊括了许多知识，赋、比、兴，押韵、平仄、对仗，等等，这些学问，不应该随着语言现象的改变而式微甚至埋没，毕竟是我们先祖历经几千年用心血酝酿的经验和智慧。古代汉语与古代诗歌互相成就彼此，言约而意丰，语短而情长，有时区区数字，竟可以展现一幅山水或人事的阔卷。文学艺术不应该以实用性作为传承与否的标准。

白话诗歌时代，也涌现了不少名家名作，徐志摩、戴望舒、穆旦、顾城、舒婷、海子，等等，因为一一仔细读过的并不多，仅就个人寡闻，他们代表了白话文以来现代诗的最高水准。他们的诗歌里有血肉和灵魂的芳香。

只要母语不死，诗歌写作都会、也应该持续下去。她虽从格律的整齐有序、步调统一，变为自由行走，但内在的气韵是一致的，都要走出思想的精气神，走出汉语的凝炼美。这是文学形式承续的必然性，也是写作者应该担当的使命。汉语写作的宝库中，累积了太多诗歌的珍珠，实不该因为不具备现时的商业价值而漠视她，甚至唾弃她。应该相信，真正美好的东西，是不朽的。

诗歌衰颓，客观讲，还因为缺少一定数量的优秀诗人和杰出作品。

[2]

自惭并不具备诗歌研究能力，鉴赏力也很有限。凭着对于语言以及语言背后诸种人生况味的理解，觉得好的诗歌一定如同一粒子弹，触目瞬间，能够洞穿人的灵魂，迅即无声。或者，会让一个人业已干涸的灵魂逐渐湿润，继而浪潮迭起，波涌不息。

> 渭城朝雨浥轻尘，
> 客舍青青柳色新。
> 劝君更尽一杯酒，
> 西出阳关无故人。
>
> ——唐·王维《送元二使安西》

读懂这首诗的时候，不禁落下泪来。仿佛看到王维惜别挚友元二，抚着他的肩膀一杯杯劝酒，两双眼睛泛红，两只酒杯频频相碰，一次次仰头尽饮。因为王维懂得元二此去的艰辛和孤单，所以他怜惜元二，怕他西出阳关连喝杯酒的人都没有。可惜年少时并不懂得这份深情。现在来看，前两句岂止是写景的闲情，那天早晨，王维整个内心已被渭城的雨水湿透了。因为离别，劝喜不劝忧，要笑着，将泪水和酒吞下。感情如此深重，须得忍住翻涌滚腾的悲伤，这远比悲伤本身更加让人不忍思量。这份深情与悲伤却被王维用清浅显白、极为节制的语言表达出来。

读到"昔我往矣，杨柳依依。今我来思，雨雪霏霏"，也止不住落泪。出门在外，征战数载，咬紧牙关不死，只为回到故土和亲人身边。终于回还，心心念念的人事早已沧海桑田，贮藏在胸中的浓厚情感，连寄托之处也丧失了，一颗心茫茫虚空，无所牵系。这种绝望唯亲历方懂得。

泰戈尔《世界上最远的距离》和叶芝《当你老了》，把因爱而生的浓厚绝望描摹得如此令人唏嘘。很爱你，可是对面不识；很爱你，可是生命有局限。

小说，是一场华丽的粉墨表演；散文，是可以发出声音的草木或流水。唯有诗歌，是生命的泪水，它安静深藏体内，无论源自羞愧还是悔恨，源自喜悦还是幸福，它都具备一个本质：纯净。好的诗歌，是泪水凝结的珠玉，具备水的纯净，玉的硬度，和源自人体骨血的温度与悲悯。所以，好的诗人，内心须得是干净且强大的，含垢忍辱初心不改。

[3]

非常惭愧不会写诗，不懂得写诗的技巧。甚而至于读过的名家名作也有限。写诗，因为心内有冲突，即所谓"块垒"。人的一生，如果精神并肉体活着，就会像条河一样时刻都有跌宕起伏，或爱或恨，或喜或忧，或得或失。剧烈的动荡形成浪头潮汐，在静静的波面下，暗流涌动。命运的叵测，将人带向未知的前途，因此也难免河流淤塞，或者枯涸断流。诗歌，是断崖飞瀑，将郁积的能量瞬间爆发，没有犹豫与迂回，省却过程，呈现极端之美。在人生之途不平不顺不畅的时候，一个人若能借助文字得以突围内心困境，是幸运的，于我，也是廉价和妥当的疏泻方式。

逐渐对交流失去兴趣，世相人心诡谲难测，较之现实，言语何其苍白无力。作为沟通工具，言语同时具备道具属性。一段时期，什么话都不想说，不想对人讲，也无法去虚构一个故事。于是，作为一种倾诉途径，诗歌点亮一些幽暗时光。诗歌有属于自己的独特方式，任你激情燃烧或者泪飞倾盆，她静静地，以全部的包容，把你的喜怒哀乐打造成一串项链，戴上你精神的项颈，如此真诚、凝练而不失优雅。感谢诗歌，或者文字，她以这样的姿态帮助一些人完成属于自己的交流。

　　因为不大懂得诗歌的技巧，所以写出简单清白的文字。不知这样是否算作诗歌。时下有不少人从事诗歌写作，有的作品实在读不明白，读来很是辛苦，以致丧失阅读的兴味。不觉得这是诗歌的高妙和本质。越美的女子越素净，越纯的水越清透。唐一代诗歌名家辈出，杰作灿若星河，但脍炙人口的，大多白如口语。"明月出关山，苍茫云海间"，"两个黄鹂鸣翠柳，一行白鹭上青天"，完全纯白描述，清浅如水，但组合起来，却是气魄宏大、撼人心怀。好的诗歌不拒奇妙的艺术形式和鲜奇的措辞用语，但最终以境界、情怀取胜。无意自捧，表达一种观点。当然怀着私心，希望有机缘见到我的诗歌的人，可以轻松读懂我的文字，但又不会因此而觉索然乏味。真水无香。希望自己的诗歌、文字、生命，都能具备这样的品格。

　　诗作在不同时间完成，可以窥见创作风格和表达方式略有不同，折射生命成长变化的过程。但是，诗歌属于真诚的文字，她不会扭曲一个人的本质去表达。无论过去还是现在，诗歌忠诚于写作者的内在，忠实反应他的品格、质地、层次。

跋涉世间，在爱恨中起落，在得失中悲喜，在荣辱中沉浮，如果探求终极，许多事情了无意义，但是，过程便是价值。过往不再重来，此一时，彼一时，我是我，我亦非我。以笔为耜，翻耕时光、播植善美，也算是对生命的一种敬意。

以《缺》作为全集名号，取自其中一首诗。有着完美主义的癖好，不知以何命名方能准确表达当时心境之下的所思所虑。逐一遴选，最后落定。人生没有圆满，即便圆满，也不过昙花一现。如同天上月，只有月半才会盈圆一次，其他时候皆有缺憾。从上弦月慢慢努力到一轮玉盘，尔后即刻亏损，慢慢变为初始时一道细细的月牙，只是方向恰好相反。物质，精神，无一不是这样的轨迹或轮回，盈与亏相克相生，祸与福相弃相倚，舍与得不离不弃。纵有太多缺憾，缺憾本身，又何尝不是生命的馈赠呢？花好月圆，历来只属于美好的祝愿。世间本沧桑，但如果你心怀善美，万般皆有诗意。

生命不易，然"诗穷愈工"，希望困境能够打磨一个人的精神或者才华，如一弯清月，在他人生的夜空煜煜生辉。

[4]

　　距离第一本书出版已近十年,其间诸多计划落空。这十年身居京城,在宏阔冰冷的石头丛林中最终适应下来,与诸种困境缠斗搏杀,身心备尝艰辛。又于不意中,痛失母亲,一度心意衰冷,颓废几近难以自胜。最终不得不承认,人生后半程,便是逐一失去的过程。现实生活的铁齿铜牙可以轻而易举咬碎梦想的根根肋骨。可是根植于心的初念始终是许多人心底的一个情结,即便它不过是个人深夜独行时手持的一枚小小烛火。太多的人,在潮涌的生活之流中是卑微的,力不从心,即便运筹帷幄、步步为营,最终也不过沦陷于柴米的计较。但是,卑微者依然可以努力散发属于他自身的生命之光,如萤火虫,微弱而美好。如果能够这样活着,本身已是一场胜利。

　　谨以此书,献给这十年。也作为奉送母亲的微薄小礼,愿母女长相忆念。

　　感谢你来,以诗歌为鹊桥,与我在此相逢。
　　愿你,能不虚此行。

孟丽
2016年6月初稿
2020年6月校订于北京

目录

自序

　　一些观点，关于诗歌 / 1

辑一 · 水上生花

　　梦回西汉（一组） / 3
　　水上生花 / 16
　　让我幽会一般爱着你 / 18
　　一条江，一个日子 / 20
　　虞歌（八章） / 22
　　阳光打在脸上 / 34
　　你真的不知道世间风光无限 / 36
　　光 / 39
　　青花 / 41
　　你在远方写诗 / 42
　　蓝色睡莲 / 44
　　锦衣·笙歌 / 46
　　绝色之夜（三首） / 48
　　咏歌，关于春（四章） / 52

57 / 香如故

59 / 俗人

62 / 短诗一束（五首）

66 / 午后茶

68 / 对话（组诗）

81 / 一匹布，开满鲜花

83 / 清晨，梵乐

85 / 谁也没有你美

辑二 · 月亮

89 / 一只遥远的碗

91 / 月亮

93 / 把灵魂交给草原

95 / 红灯笼

97 / 梦中的额吉

99 / 站在原野

102 / 初一

104 / 青瓦，白墙，桑麻

106 / 回家

107 / 五月（一组）

111 / 树

夏天的雪 / 113
你不回来 / 115
安口窑 / 116
遗忘 / 119
被阳光晒黑的孩子 / 121
一路向西 / 124
等你老了，我去看你 / 126
亲爱的粮食（四种） / 128
与青城山的旧情 / 133
你用快乐埋葬悲伤 / 134
假如我死去 / 136
突然不记得你的名字 / 138
听一首歌的时候 / 140
妈妈，我在等你 / 141
春节 / 142

辑三·缺

暗恋 / 147
黄药师的情书 / 148
摘花 / 151
别拿爱情诱捕我 / 153

155 / 我摘下一朵枯萎的玫瑰

157 / 剑

158 / 喝酒

160 / 幸福

162 / 4月26号

164 / 梦中,你的目光如此温柔

166 / 伸手给我

168 / 糖果

170 / 缺

171 / 心愿

173 / 要么

175 / 亲爱的,我们只有一匹马

178 / 怨

180 / 你是我前世的女人

182 / 如此爱你(三首)

186 / 就算让我死在这一刻

190 / 你的名字

192 / 情人

194 / 你的手心

195 / 在水一方

197 / 说不出口

199 / 多年

201 / 闻似故人归

203 / 再见

205 / 问世间

207 / 梦见你

辑四 · 青梅、酒和英雄

握住悲伤 / 211
一声叹息 / 213
真实 / 215
负重 / 217
皱纹，皲裂和衰朽的木门 / 219
做一块石头吧 / 221
一把米在水中开花 / 223
江河水 / 225
自尊 / 227
宽恕 / 228
炼 / 230
剃度 / 232
遍地尸体 / 234
砂纸 / 236
清水，流过身体 / 238
真相 / 240
有些事情 / 242

244 / 青梅、酒和英雄

246 / 诗与诗意无关

248 / 豆腐渣

250 / 夜里

252 / 蹒跚

254 / 雪落西域

256 / 贫穷

258 / 花残

259 / 暗疾

261 / 一朵不想结果的花

263 / 落水

264 / 纸鸳鸯

266 / 卧薪尝胆

268 / 诛己书

270 / 如何了却这一天

272 / 我坚信

274 / 影子

276 / 落发为尼

278 / 刻舟求剑

280 / 衰老

282 / 药

辑一 · 水上生花

梦回西汉(一组)

之一·旌节

遥望西北,贝加尔湖朔风猎猎
我逆风而上,想要去看你
泪水都结了冰,只有一颗心,热浪滚滚腾腾
抵挡风里明晃晃的刀子

人在哪里,牛羊在哪里,草木在哪里
只看见白,漠漠千里,天地合一
太阳失去血色,无力地悬垂西边
雪雨横斜,裹挟利剑,扑过来扑过来
一匹走失的骆驼,被白色迅疾掩埋

你的旌节，针盘的指向，怀揣着它

一次次搏击厮杀，泅渡雪海，走向你

饥饿执起利刃对你搜肠刮肚

一捧雪一把毡毛，拌着思乡的血泪

一口口吞下，剧痛在腹中寒来暑往

你瘦得只有一副骨头

风刀霜剑一年又一年，劈净繁华

你须发被落雪透染

旌节，历尽酷寒颜色依旧

风雨蹂躏风华尽落，唯有脊梁挫折不断

在你手中劲坚如铁，撑起一片蓝天

长安数度花开花落

娘在路口呼唤儿的乳名

送走几千个落日

一枝连理，父兄的心里深深烙下

不能碰触的伤痕

北海的风把闺房吹透，结发的妻

拔下白发一针针缝补寒冷的缝隙

一回回梦里相拥欢愉

各自醒来，向隅而泣

一十九载，年年岁岁日日夜夜

每一根骨头都刻满思念的疼痛

苏武，如果北极星在夜幕里升起

那一定是你南望长安的眼睛

手持汉节，一个顶天立地的信仰

死有多轻，生有多重

含垢忍辱，背负泰山，一步步

走回长安

苏武，我不过潜伏人世的一头羔羊

如果时光逆流，我愿一路北上

去那酷寒地，任你驱驰，慰你饥寒

以我的血，润泽你的笔端

亲睹你书写男人的尊严

之二·问天

上天啊，天下黄河九道湾

是谁，设下这难测的谜面

我知来处,却不知去向何方

祖父李广,把那副弓箭交付予我
血迹斑斑,还有不曾干去的泪痕
冯唐易老,李广难封
英雄本色往往需要烈火煅烧
保家卫国,需要忘怀一己得失
从祖父的弓箭上
我触摸到这铭刻的文字
粒粒灼目,仿佛祖父生前的眼睛
这双眼睛,照亮无数暗黑的夜路
在战场上多少次,擦拭我血污的伤口
生为人杰,死亦鬼雄
然而生死关口,祖父啊
我宁愿选择痛苦地活着,因为
活着才是梦想的载体
束手就擒怎会是英雄传统
这曲折的心意,祖父你是否心领神会
白天咬紧牙关送上笑脸
夜晚在脑海中勾画复仇的蓝图
忍辱负重从来都装成苟且的面孔

我知道你在等我荣归长安

苍天啊,如果可以,我宁愿天生失聪
苍天啊,如果可以,我宁愿没有肉体
那来自长安的噩耗,彻底将我千刀万剐
祖父啊,你是否看到我骨头里流出的疼痛
染红了西域的茫茫雪野
自古忠良,难抵一缕谣言的流絮
我心头供奉的长安啊,你怎可让忠良腹背受敌
切割我亲眷的钢刀,一刀刀割去的,是我
对忠义的信仰,对长安的思念
从此,我李陵,四海漂泊
流落为历史上的孤魂野鬼

是否可以有一把刀,斩断未来和过去
是否可以有一把刀,整齐切割善和恶
是否可以有一把刀,剜出心肝,交付审判
良将用忠骨筑成的节义
谁来替我擦拭这沉重的悲伤和冤屈
苍天啊,你是否听见我死不瞑目的叩问
你是否还能为苍生,秉持正义

之三·同悲

今夜,我斟满一杯烈酒
与你举杯痛饮
烈火在胸内燃烧,我却看到你
浸透史册的泪水
韩信,伸手触摸这烫金的名字
和酒吞下你的悲愤

就这样,如鲠在喉

度陈仓,定三齐,乌骓在垓下
喷出带血的嘶鸣
英气逼人的少年啊,军帐里的一盏油灯
照亮了王的版图
是你,在王冠上嵌入最耀眼的宝石
不过一介草民,混迹于市
咽下嗟来之食,吞下胯下之辱
却能亲手改写历史的航向
演绎天降大任于斯人的传奇

你灼灼才华刺伤王的眼睛

你的功勋,让王,坐卧不宁

政治从来老谋深算,诡谲叵测

而你,还是过于年轻

曾经千金回报漂母,相信

人间自有公道,可是

有时候桂冠不过一个道具

才华不过一把斧子

统统不是阴谋的对手

韩信啊,萧何牵着你的手走进王的刀下时

历史将是何等哭笑不得

今夜,我一再举杯

与你同哭,与你同悲,与你

一起烂醉如泥

切莫在彼世觉得孤独

兔死狗烹,鸟尽弓藏

这恶毒的玩笑,嘲弄的,不仅仅是你

之四·不死的心

一弯冷月割去了覆盖葱岭的最后一层薄暖
夜半风声带着刀子出没，一群狼
用绿茵茵的目光点亮最黑的角落
裹紧脱了毛的羊皮，你背靠一块巨石睡去
胸口揣着王朝的信符，燃起一团焰火
驱赶各方魑魅和骨头里生出的绝望

离开长安有多久了
边关飞过的雁声年年不似
捡起一片落羽，你嗅闻到故土的味道
向东遥望，咬紧牙关将泪水咽下
一挥鞭，锋利的鞭鸣斩断对妻儿的牵念
过陇西，出阳关，奔乌孙，进大宛
舔过刀锋，尝过火尖
匈奴的镣铐上一层一层被鲜血浆出锈斑
一十三年啊，依靠咀嚼忠诚和信仰
你终于捧着一卷神话
一步步走回长安

踩着你落血的足迹

后人去寻找葡萄、宝马和圣经

一双血肉的赤足,张骞,你依靠什么

在中国历史的版图上镌刻下永不磨灭的路线

你说,怀着一颗不死的心

就足够了

之五·我的金銮殿

大风起兮云飞扬

我在鸳鸯帐下抚剑暗伤

历史的疆场,从来都是男人的婚床

诞下龙种,或者

生下怪胎

一笔春秋

涂抹万千真相

谁说女子

只是游弋在泪水里的鱼

金銮殿上,端坐我的夫我的皇

交付一生,换你一次回眸

不如,扯起自尊

自立为王

之六·藏娇

春风送来百花的消息,唯有我

满目霜雪,开遍长门宫的角角落落

夜半三更,数次起身

一轮明月落入妆台的菱花镜里

月容蒙尘,镜面上留下太多的心灰意冷

更漏声声,从心里流出的一滴滴泪水

可以打湿整个长安城五月的屋顶

郎君啊,我的王上

一等再等,年年春光空辜负

衣带渐宽红妆残损,我拿什么

迎接你有朝一日的大驾光临

一个玩笑,就换取了我的一生

帝王从来没有爱，你不过

为我筑起一座谎言的金屋

越是宏大越是虚妄

越是豪华越是冰冷

郎君啊，我的王上

久旱的芙蓉片片剥落

我已无力再等，唯愿来生

你为妾身我为王，无须多

尝遍一个深秋檐头滴落的雨水

走遍一个隆冬肃静深长的夜

扛着没有尽头的等待看春来蜂蝶成双

咬紧牙关咽下和泪的冷炙，只为活着

然后，你来告诉我

咀嚼谎言和绝望的味道

之七·西域胭脂

天苍苍，野茫茫

谁在那风吹草低的地方

以绝世之态，惊艳了整个茫茫西域

她的红鸾帐,在中国史册上轩昂屹立

她在高高翘起的掖庭飞檐上

奋翅高翔,蜷身笼中的金丝雀一鸣惊人

在历史的天空翻飞出五彩云霓

无数次,无数个对这个女子心怀爱慕的人

沿着传奇的脉络回到公元前33年

她在春光萧瑟的一隅,对月凝望

来自广寒宫的清辉,数次擦干她的泪痕

另一个绝色女子在遥迢千里外,起舞弄清影

她看见她眉目枯槁,在浓厚的阴云里明明灭灭

宫廷瞬间坍塌,一颗心,从崩裂里复生

仿佛都太晚了,无论季节还是宠爱

一株梅花,在墙角凌寒独放

大雪与酷寒,是她全部的见证

无须毛延寿,她自己

用惊天之笔绘出一幅绝世梅花

只要不死,一生总要盛放一次,哪怕机遇

只给了她冬天,只给了她墙角

她却用清奇、孤高和不落流俗

为整个苍白的冬天留下最美的风景

如果你回到西汉,如果你到过西域
请一定记得去看她
那个唤作昭君的女子,那株绝艳的宁胡胭脂

水上生花

对你如此钟情,胜过一场浓烈的爱恋
活着你是我的血肉,死了你是我的灵魂

临池。照水。我在岸上心醉神迷
你的一个回眸,几欲令我断了呼吸
灵魂的战栗贯穿全身
你是我前世遗失的情人吗
从北国的漫天飞花,到南疆的锦绣遍野
唯有你,红颜倾世,佳人独立

爱你是一件铤而走险的事情
押上生命和一世清白

辑一 ■ 水上生花

怀揣你的芳香,我追寻你的足迹

哪一世凉薄的风,将你埋入沟渠

黑暗深浓,污臭漫天

辗转沉浮,一座夜的囚笼

一座无法翻越的肮脏城堡

在呐喊与挣扎中破开自身禁锢

一丝丝一毫毫,沿着阳光的道路向上生长

美人浴水而出,擎一支粉嫩的火炬

在阳光下水袖长舒,没有你,水就失去魂魄

哪一种形容都显得力不从心

你让所有的清词丽句徒有虚名

穿越厚厚的污泥和深广的黑暗

莲

你的美丽,才如此独享千年清誉

对你如此钟情,胜过一场浓烈的爱恋

活着你是我的血肉,死了你是我的灵魂

让我幽会一般爱着你

天空绘满云朵的时候,天空也准备了哭泣
田野里生满杂草和虫蚁,也会长满谷穗
一滴流水在荷叶上把自己艰难滚成珠玉
又落进水里
整个过程生了又死,了无意义

清水储满胸膛,在百合花的血液里奔流不息
命运一转眼被击碎,芬芳鲜艳沦落颓废
我不能掌控天气,不能掌控一滴水的辗转迁徙
就连我钟爱的花碎了,也只能怅然无语

我扎根在泥土的黑暗里,我在枝头的阳光里

等待蜜蜂,我的爱情千疮百孔,我的命运
扑朔迷离

可是我怎能不爱你呀,我荆棘丛生的人世
以及
荆棘丛里开出的点点美丽
向日葵仰起脸抓住阳光,风雨无阻无怨无悔
夏天酷热,知了在烈焰里放声高歌
蜡梅在春天来临的时候草草死去
因为雪是她唯一的皈依

婚姻,柴米,生老病死里的悲喜,钝重迟滞
犹如深水里的喘息
让我幽会一般爱着你吧,我宁愿冒死与你欢会
你是暖,你是爱,你是夜里的灯盏
你是活在记忆里的甜蜜
你是供养梦想活下去的全部希冀

一条江，一个日子

几千年前的纵身一跃

激起吞天的浪涛，回落的雨滴

打湿中华史册的两岸

从此，从上游至末端

每一朵浪花里都载负着你的抱负和冤屈

每一寸岸边都落满祭奠的足迹

融进汨罗的血肉和骨头，哺育了

时光沿岸的花草树木和人的情怀

米酒，粽子，艾草，捧出缕缕清香

雄黄酒燃起朴素热烈的民间豪情

龙舟竞渡，汉子的喉咙喷出代代传承的锐气

推动厚厚的水，把祭奠涌动成不息的浪波

路漫漫其修远兮，吾将上下而求索
一曲《离骚》，铸就忧国忧民的脊梁
香草美人在文人的笔墨里
衍植出无数梅兰竹菊的清芳与孤傲
踩着五月五的雨水和芳草
沿江而下，倾泼华夏儿女的一腔怀古
慰藉你的旷世孤独和悠远悲愤

一条江，一个日子，因为你
从此奔涌不息，浩浩荡荡流过
几千年光阴，浸润代代忠良的灵魂
我们，不过尝一口浪花
品味其中难以淡化的芳香

虞歌（八章）

（一）生

种下阳光种下月华

土壤里根植美丽的神话

三月潮湿柔软

冉冉而生

那一段烟云从此因你

炫目

幽怨婉转

一江秋水在转身间

波光荡漾

飞鸟流云落花飘絮

谁能不眷顾留恋你

双目澄澈

青丝在溪水里窈窕起舞

醉了飞翔的鱼

红唇轻启,柔风如絮

幽香浸润多少文人干涩的笔墨

凌波微步,衣袂翩然

一如飞雪扬花

啊,我的美人我的梦境

过于美丽

生不逢时

是谁种下这难以挽回的悲剧

(二)花开在梦里

哪年在溪头与你相约佳期

哪年在月下与你执手无语

在河之洲,在水一方

哪年醉在《诗经》的情歌里

啊！我的英雄我的王

我的爱人我的悲伤

你不是我的青青子衿

烟尘滚滚

前世里飞过战火浇漓的骏马

就这样许了愿

就这样狠了心

我十三岁的梦里

花开似锦

奔向你明媚的春天，最后却

伸手握住，水深火热的战场

（三）陌上

人间暮春，残红疏淡

一粒相思，在菱花镜里灿然盛开

从天而降的神，我

豆蔻梦里的春天

掳走我前世今生的爱情

梦里相识陌上相逢

我是剜菜的村姑

我的王啊我的英雄

不过慰你道行饥渴

不过一碗水

温柔的焰火瞬间焚化我高傲的天空

力拔山兮

千斤铜鼎举过头顶

我便在你的掌上翩然起舞

我的王啊我的英雄

命中注定我是你的女人

走出繁花深处,私奔的男女

绝尘而去

满天繁星

在身后落成

无数野花

令平庸的男欢女爱黯然失色

（四）重瞳

青铜剑柔弱如风安睡鞘中，梦中唤醒遍野春色

草原一碧千里

在帐外乌骓的蹄下迅疾退去

甲胄闪烁安详的光泽

细细怀念生前锄草的日子

奇绝瑰丽的爱情

燃烧了刚刚平息的战场

穿越温柔的熊熊焰火

我与王

用双目诉说等待千年的思念

重生的瞳子

只为我的到来而明亮

那是剑锋上滚过的阳光

点亮我生命里的每一个角落

那刺目的热

燃烧净尽生生世世的寒冷

我是扑火的蛾子

从此与光和热永生

火便是我,我便是火

我的王啊,我命里的光

你的重瞳点燃我的繁华灿烂

生是你的生,死是你的死

这是神的安排

(五)望穿

春雷惊醒遍野芳香

天边飘过泪水涟涟的云朵

遥远的笛声撕扯秋夜的孤单

风雪生生埋没思念的足迹

王的声音、王的战马,王的剑

敲碎冰封的千里迢迢

温暖我四季寒冷的梦境

刀光呐喊血肉悲鸣

穿透我柔软的躯体

疼痛根植在每一寸思念的海底

奔向最高的山岗

瞭望王的捷报

我的双目

已经洞穿

一如阔大的门庭

只为捕捉

王的影迹

（六）生死缠绵

焚烧锻炼成一朵铜花

紧紧缠绕在你的剑鞘

哪怕是浴火与锻打的惨烈疼痛

或者

做一束纶巾绾住你飘飞的乌发

哪怕被飞溅的血光和风的刀锋条条撕裂

我愿意在血污与碎裂中迎风欢笑

或者

做乌骓鞍辔上的一枚钉扣

把你的力量牢牢牵系在刺向敌人的剑端
哪怕我的血肉与骨头在日日磨蚀中
化为齑粉

亲爱的我的王
在血中同生,在火里共死
哪怕一万次的死亡
也不抵瞬间分离的疼痛
倚门而望衰了我的红颜
令只为王绽放的美丽无比痛惜
让我的温柔环在你的腰际紧贴你的背脊
阻挡来自战火的寒风

一朵生在水畔的花
腥风血雨的浇铸
成就剑戟的品质
辉映王的光芒
合璧同寝
生死缠绵

（七）碎裂

王的叹息阴笼我的天空

乌骓一声长嘶

惊碎隔岸相对的悲欢离合

垓下思乡一曲

万千刀锋化作一江泪水

王的太阳随波而去

被绝望冷却的雄心

此刻正在我的怀中

战栗不已

重生的瞳子一如将息的烛

倏忽明亮的背后

黑暗无尽，滚滚而来

神伤心裂

恨我

挽不住风云变幻的足迹

苍龙搁浅猛虎困身

我的柔情无法安慰王的悲吟

英雄自古

不是水浇的柔媚

他只听从血与火的磨砺

残阳泣血乌江悲鸣

历史无法忘记这样的残缺

抚过你剑戟勾勒的眉角

唇上烙下我全部的火热

一如战鼓催响潜伏的火

燃烧中泪雨婆娑

你说

我的爱人我的虞姬

你命薄红颜

只因苍天

错生了我

(八) 泣血骊歌

月光渐渐洗净眉间愁云

斟满柔情

我们双双饮下

为你整好衣冠重新拾起豪情

青铜宝剑在重生中英气夺目

你为我亲手描眉点目

红颜在你目中怒放如花

我的英雄,我的王

前世的誓言今生的孽债

这美丽的目成心许

这销魂的扼腕叹息

原本错不在你

我的笑靥软化了你剑戟的锋芒

我的柔情缠裹了你马蹄的力量

心头相思一缕

重钝的密云便会绕上奋飞的双翅

心中贮满柔情

英雄怎能走得很远

功成名就本是一场绝情的厮杀

接过你最后的成全

我的歌舞

再次唤醒你双目的火光

我的鲜血

再次点亮剑锋的光芒

悔不该与你陌上相逢

毁了你气吞山河的梦想

我的英雄我的王

我的爱人我的悲伤

我在江东等你

唯愿尸体的温软

再也不会纠缠你重振的鼓声

阳光打在脸上

阳光打在脸上
花儿在胸膛开放,一阵一阵芳香
河流在平原上解冻,穿过山岗流淌
有时候生命如此美好
所有烦恼都被明亮释放

鸟儿穿过浓雾,栖落在木门上
甜蜜的情话连篇累牍,惊碎晨梦
朝霞为云朵涂上油彩
云朵为天空披上锦衣
十六岁的姑娘,心事清甜
溢出眉梢眼角,醉了一弯柳梢头的月

音乐，把情怀酥软
音符一步一个脚印落在心上

一个信念，一场坚持，一轮复苏
青蛙跃出寒冬，树枝蜕下戎装
阳光打在脸上
季节，一场深谋远虑的爱情
此一时将伪装尽数剥落
袒露柔软与和煦，播下希望和梦想
出发吧，呼吸着绿色，去秋天捡拾成果

你真的不知道世间风光无限

我总渴望挥师千里去击败匈奴

然后和着血含着泪饮下一大碗一大碗的酒

然后风雪里起舞高歌

大风起兮云飞扬

安得猛士兮归故乡

热的血热的泪热的志气

点燃那一轮长河落日

我也难免渴望侧卧王榻

他不早朝，他不勤政，他

只要我

弃了江山，抛了红尘，脱了锦服，他带我远走天涯

把星星种在眼里,把云霞涂上脸颊,用风

挽住三丈青丝

我有你的一副胸膛,你有我的一把小腰

拥住你,便拥有了天下

事实上我没有疆场,亦与王榻无缘

在风霜雨雪里翻滚

在柴米油盐里煎炸

在生老病死里被抽去汁液

还有蚊虫灰尘和诸种恶俗的脸

夜里被梦想击中,醒后唯余疼痛

可是亲爱的

你真的不知道世间风光无限

荆棘里开出一朵浓艳,她的微笑迷醉了你的眼

蟋蟀在田里鼓瑟,声声吟唱迎接死亡

玻璃杯里摇曳着茶园的前世青春

丛丛簇簇,婉婉转转

幼童的奶香，溢出母亲的臂弯

爱情挽救不了你，还有
战争，麻醉剂，王冠上的珍珠
还有梦中的宝剑
你自泥土而来，你终泥土而去
你若从泥土的视角看去
世间万物，莫不
风光无限

辑一 ■ 水上生花

光

行行重行行,山路遥迢崎岖
不知多少次在梦中与绵绵秋雨不期而遇
奔走在阴冷里,恐惧不时用鞭子冷酷抽打
有时与一匹狼对峙,有时被丛林淹没方向
想要诉说,到头来
千言万语的历程不过被几粒词语粗暴囊括
前路没有指引,渴望一支手杖
支撑倾斜的路面和勇气的岌岌可危
荆棘刺穿肌肤,疼痛在看不见的地方呐喊
也许怜悯也许天恩,你伸手给我
师父,你一袭白衣透过幽暗丛林
那束光,细微而坚韧,将恐惧逐一击退

就这样牵着你的衣角，山重水复
终于看见天光看见黎明，看见
莲花从淤泥里开出一池光明

心无挂碍，无有恐怖，无挂碍故
远离颠倒梦想，究竟涅槃
晨钟声起处，你闭目低语
以温柔心持慈悲念
以无欲心往无害境
双手合十，将这束光纳入胸中

青花

我是前尘旧梦

遗失的一粒泪珠

误入红尘

落在丹青的舌尖

浴火焚身

从此

我非我花非花

一滴水的清高

化作一世孤傲的幽蓝

从此怀抱冰雪

绽放千年

你在远方写诗

一抔柴薪在苍黄大地上缕缕腾升，又青又白
牛羊看见，村庄看见，天空看见，我看见
众目睽睽，唯独看不见
你的胸膛里，一粒梦想爆发出怒火烈焰
那需要被酷烈的西北风抚摸多久
才能自我燃烧
才能从贫瘠的土地上拔地而起，然后
靠近太阳，和云站在一起

也许我途经，也许属于天意
我闻到一朵烟云里超越尘土的味道
驻足，我看到那云朵

血肉饱满，骨骼分明，灵魂芳香

你在远方写诗
今早我被你的文字击中眼睛
然后轻轻落入心底的
那口古井

蓝色睡莲

盛满酒的玻璃杯,满腹幽怨
轻轻一碰,就会碎成一滴一滴的泪水
梦境里盛开的一朵爱情
心事,也被慢慢染成夜的颜色

看你,需要端持一盏灯
驱散影迹照亮心地,然后
深入夜的腹地
伸手握住你的盈袖暗香
前世落难的妃子,红颜倾世
修炼成仙,隐居在水里
清水洗却脂粉和华服上的锦绣

连骨骼,都被水打磨出了玉石的清奇

一场相遇,一见钟情
对你的爱情,也必须经历水的洗礼

锦衣 · 笙歌

夜色睁开妩媚的眼睛

刹那间点燃了所有的人间烟火

笙歌飘香

缭绕在夜的腰际发梢耳畔

夜色因此风情万种

你着锦衣翩翩而来

唇间盛开玫瑰的浓艳与芳香

舞步妖娆

脚步落下，敲开花朵沉睡的心事

笙歌轻吟，醉了满街的虹霓

要把尘封的青春打开

要把濒死的激情放飞

要把红尘的绚烂深拥入怀

要把生命的枷锁砸碎抛远

不被生老病死叩问

不被柴米油盐纠缠

烦恼琐碎在你的深情中化为灰烬

我看到重生的凤凰飞过阴暗的围城

时光割开我的血脉

任青春流淌无法收拾

我只想挽住你的手

锦衣笙歌

咀嚼红尘的无尽暗香

绝色之夜（三首）

（一）

月色柔软淡漠

是盛开的长卷宣纸

风的呼吸

点染出树影花香

蜜语幽幽

贯穿夜的深浓

馨香弥漫

羊毫的柔软握在谁的手里

行走的足迹

成就了宣纸的美丽

婆娑的沉静的温婉的飞动的

其实有种寂寞风情万种

那是月的姿色

(二)

黑的瀑布

飞扬在雪白的肩头

灵动的瞬间

激荡起千丝万缕的光泽、柔情以及

被释放的活力

每一丝一缕都是致命的束缚

而我

宁愿在这温柔的纠缠里

九死一生

你的唇

焰火腾升

点亮夜空无数盏星星

那滚烫的魅力

让我充满纵火焚身的欲望

一朵诡秘的花

来自异域的神话

缔结在我体内

每一次开放,都令我

灿然夺目,也

疼痛不已

(三)

一定是星星落进了你的眼睛

注目瞬间

我被光明击中

从此失去自控的能力

怀抱着绵延不绝的温柔

晨光寸寸吸尽夜的墨色

一朵莲花

在你眉宇间盛开

俯身

我尝到甘露的圣洁甜蜜

一页卷起的帘子

一段收起的光阴

在你束好丝履之后

打出完美的结

感叹着这

绝色的夜晚

咏歌，关于春（四章）

（一）春风

醉在柔里，醉在软里
醉在无际的呢喃里
你是耳边情人的呼吸
扑打着娇羞的甜蜜
吻痕落下
惊醒孕育一冬的梦想

垂柳睁开满目妩媚
在你的呼吸里柔弱无力
燕子被你唤回

在北方的屋檐下唱着情歌

山脚下那一带银亮的溪水

笑声惊碎云的影子

轻轻叩响山的沉静

青蛙贴在池塘壁上听你絮语缠绵

华章总在你的温柔里开启

没有谁能胜过你的力量

一个笑眼,所有花朵都做了你的新娘

舞遍满山青翠,只因你的深情眷顾

只要挽住你的手

再寒冷的记忆也会忘记苍凉

(二)春泥

偷了阳光种在土里

偷了月光种在土里

偷了星的眼睛和云的衣裳种在土里

春雷一个喷嚏

无数童话就在这里诞生

争吵一片热闹非凡

春的泥里裹了蜜

芳香醉了开切的春犁

还有调皮的种子

投入春泥的怀抱

然后用梦幻般的神奇醉了你的眼睛

没有比这更神奇的创造

你的怀抱孕育着难以预料的杰作

即便有短暂的黑暗

谁也难以抵抗你

甜蜜芳香的诱惑

只要心怀

繁华灿烂的梦想

（三）春雨

一场缠绵的倾诉

你的爱情柔软如烟

笼了江笼了岸笼了迷恋你的山川

百花多情，腮边滚落晶莹的感动

或者，飞天仙女袅袅而过

洒落无数银亮的绣针

衣袖轻挥，一幅锦缎吟咏大地绝美的姿容

一夜相思裹住翅膀

鸟儿站在家门口诉说衷肠

雨水梳理过的羽毛

辉映枝条勃发的青春

洗过的太阳纯洁明亮

脉脉柔情吻干杨柳的泪眼

青草生长的味道鼓动安静的蚂蚱

润物无声的仁慈

成就了千年不朽诗篇

你的足迹，更会成就

夏的蓬勃秋的充实冬的安详

（四）春草

忍过肃杀和寂寞

忍过冷落和遗忘

在白居易的诗歌里醒来

再次用明媚

把冬天抛在远方

所有的坚强

只为春风的等待

笑声染了大地

你的足迹在春的爱情里渐久渐浓

妖娆暗藏在你的朴素里

恒久不变的翠裙将会

成全万紫千红的绚丽夺目，可是

只有你会见证完整的盛衰更替

幽香温暖了大地的梦境

你的舞姿是春风最美的问候

希望在你体内拔节

夜晚侧耳倾听你生命的歌

不懈地向往着阳光

带领季节奔向繁华灿烂的乐章

香如故

原本红楼一梦
只有你当成真
哭一回笑一回
你的爱一朵朵盛放如梅
在白雪皑皑里
谱写绝恋的篇章

盗你一颗玲珑心
还君一钵无情泪
世间本无情
只因你多心

长风如刀寒光泠冽

一时落红无数

如血如泪如泣如诉

这是你的宿命

你不过想早早迎接春天

零落成泥碾作尘

唯有香如故

没有一场自演的爱情

不是这种下场

俗人

俗人

就是和谷子站在一起的人

看着这个字

我和它都笑了

早上起来

我喜欢把嘴唇涂成深秋的玫瑰

瀑布在肩后翻飞

双眉深黛

两目汪汪如水

穿起缀满山花的棉裙

蝴蝶在发丛里停息

中午的时候

我要吃得很香吃得很饱

山芋苞谷白菜豆米

还有花瓣流泉山里的野梅

然后躺在阳光里大睡

皮肤泛着豆粒的光彩

晚上

我抱着棉花入睡

枕头里装满荞褪下的芳华

梦里飞过山岗

白杨林里散发着年糕的甜蜜

我还看见满地金黄谷穗

谷子在春天发芽，在春风里欢笑

谷子在夏天开花，在暴雨里哭泣

谷子在秋天结穗，在风霜里憔悴

谷子在冬天母子分离，在仓库里安静地死去

谷子深恋着土地，也知道自己死了只是一把灰

谷子非常渺小，她不过养了人的脾胃

从梦中醒来，我想

做一个和谷子站在一起的人

真好

短诗一束(五首)

(一)泪

我只是一滴水
从来掌握不了自己
也无意苛求别人
但是
我以表情为纸
记载过无数断代的历史

别的水被污染了
或者迟早总会被污染
只有我不会,因为

我发源于心的最底层

谁的生命与我有关
他的历史就会底存一份贞洁

(二) 电话

摁下一串香甜的号码
遥远的温柔就会传递过来
慧者创造的这个什物啊
握住它
就算你在天边
我也能听见你
轻柔的耳语

(三) 也许是爱

记得给了你一记耳光
阳光下却找不见你脸上的指痕
怎能矢口否认
你把疼痛传递给我

那感觉

从昨夜一直守到如今

（四）想

就那么简单的一个文字

让你在心底写上千笔万画

心都伤痕累累了

笔却不肯停下

何苦如此呢

你说

想

（五）而今，我得强说爱你

你的爱情莹白如米

哺育了我饥荒的年岁

也许是伤了脾胃

我开始暗暗拒绝你

把食欲逼成口水

点点滴滴流回肚里

你依然粒粒生动

我继续甘之如饴

为了保全贫瘠的过去

我得给自己一些安慰,比如

粗食可以减肥,比如

餐桌的主食

还是大米

午后茶

短梦

也长

午后一刻

恍若隔世

是你的手

牵我飞越阴阳两界

绿姿婆娑

香烟袅袅

心事慢慢沉寂

那抔败了的青春

能否忆起昔日

满目碧色蓬勃

老得太快

死得太早

红唇轻启

我用爱怜接住你

满腔幽怨

你苦涩的缠绵

在我舌尖诉说

对春的怀念

对话(组诗)

(一)与李煜

隔江一声晚唱

你在月光下一晌贪欢

一滴泪落入

金陵秦淮

随波散成

满江银光

辉映着两岸无数过客的眼睛

云以漂游为乐

野鹤怎能安居金堂

不是握住江山的那只手

何苦生在帝王家

蜷身金銮玉殿

燕雀一声

心驰神往

才华敌不过狡诈

纯情终遭世俗践踏

恩又如何怨又如何

久又如何暂又如何

春风年年相似

花却岁岁不同

强者将功名筑成大山

弱者的泪水化为江河

终来山水相依难离难弃

谁也不是时光的赢家

独立江边

你的吟唱浩浩荡荡绵延不绝

岸上芳草草中繁花

是你的泪水浇灌了这个

文弱的群体

有谁还说你是

历史的败笔

安心归去吧

尊敬的诗人

在彼世尽情安享

诗歌的荣华

(二) 与苏轼

一杯酒落下

口吐梨花满庭芳香

一啜茶入口

遍地绿茵满目蓬勃

哭一声惊涛拍岸

笑一回乱石穿空

月光下起舞弄清影

烟瘴之地叹荔枝

足迹落下遍地生花

看你时是万里山河绝美画卷

想你时是一首长诗久读不厌

听你时是琴箫合奏空谷绝响

读你时是秋水长波澄澈浩渺

残酷的磨砺造就珍珠的润泽

痛苦酿制的泪水晶莹如玉

旷达也罢失意也好

苏子啊

任帘外政治浪波风起云涌

你窗下手把酒壶香烟袅袅

架一叶小舟

桂棹兰桨空明流光

你的歌声洗净千古得失恩怨

苏子啊

伸手给我

我愿作微尘一粒

牵你裙袂四海神游

我愿做流云一朵

绕你足边笑傲红尘

（三）与李白

千丈泥淖孕育出一朵白莲

花开瞬间雪光四射

你从此横亘史册

令帝王卿相黯然失色

驾鹿而来绕过青峰

身后却是万顷碧波

无雾无霭目极千里

你就这样坦荡你就这样神奇

燕山雪花阔大如席

万丈青丝暮来成雪

挂云帆济沧海

巴陵酒杀洞庭秋

这天地孕育的精灵啊

你的呼吸也能变成遮天的云霓

蜀道悲吟静夜长思

峨眉叹月庐山望瀑

贵妃擎砚力士脱靴

愤辞翰林仗剑远游

诗人啊

你书写的岂止诗词歌赋风月吟诵

登临绝顶

你在云端泼墨

下探深渊

你在海底遨游

诗人啊，你的衣袖

还没有抚过历史之空的

哪片云彩

（四）与李清照

夜色深沉

残月初上

梦境在幽蓝的花尖绽放

一大朵一大朵深入遥远的思念

姐姐，我的导师，我来看你

时光剪出身影

你落在被目光挂起的竹简上

清香弥漫

宛如花落千年

捡拾

每一瓣都盛开在

敬仰、怀念、赞叹和

爱慕里

姐姐，我的导师

清秋雁归来乍暖还寒时

莫立窗边久

人比黄花瘦，只因

爱太深

你的怀念穿越万水千山层层光阴

刺痛触及你的每束目光

生逢乱世囚于闺中

姐姐啊，我的导师

你升临女性的夜空

照亮甘于沉寂的角落

回首吧

我们用满天星光回报你的蒙启

我们用恒久追寻温暖你的

足迹

(五) 与李商隐

一声叹息迷蒙了

历历晴川

擦不干的泪渍

洇透案头书卷

翻开诗书,我

只看见你的郁郁寡欢

双眉微蹙,锁住

满目繁华

将背影抛向

晚唐无力回避的满楼风雨

谁,在对岸歌声凄婉

你,在这边泪下潸然

敏感的心啊

悲鸣一声已是满山

血色杜鹃

锦瑟弦断夜吟月寒

连你的爱情

都如此孤单

春蚕到死蜡炬成灰

命里注定

终成惘然

也许男人需要刀剑、酒、热血和狂言

仿佛锦绣的铠甲

掩饰难以窥见的

伤痕和柔软

你何故赤裸何故执着

一任泪雨迷茫千年

到底是谁让你

如此艰难

(六) 与李贺

竹枝作剑

不锋利却寒光灼目

驾驴为马

不雄健却迅疾如风

那样的出身那样的才华

羸弱之躯怎么扛得起满腔忧愤重重抱负

恰是权势的脆弱造就了你

笔锋的辉煌

历史常常童言无忌

不经意间道出事实真相

血生铜花瞳剪秋水

一场冷艳的厮杀

惊碎文字墨守的成规

寒光刺目

你短暂的一闪划伤政治的

体面尊严

就是这样,政治成全的

往往是私欲的袋囊

怀揣赤诚的理想

常常遭到莫名的惩罚

精灵一样的诗人啊

守住诗歌吧守住心灵

当政治灰飞烟灭化为粪土

而你的目光已然

穿越千年

如果有来生

不要那么苦

诗人啊

坐下来歇一歇喝口泉水吧

诗歌与理想固然重要，可是生命

也是本质

毕竟，宁为玉碎

令人扼腕叹息

（七）与曹雪芹

雪夜

寒冷劈净满街繁华

风走过

夜色一敲即碎

抛下锦衣玉裘红烛华宴

你衣衫褴褛步履蹒跚

投进阳光的背面

冰冻三尺,你的骨头

发出金属的鸣响

雪原如海长风如刀

你身影孤单足迹邈远

终不敌这人世寒凉万般艰难

喷一口鲜血,即刻

雪原上梅花盛开夜色里繁花灿烂

鲜血凝成的梅花啊

都在红楼里夜夜啼哭

落泪成河,河水漫过村舍宫墙

漫过酒楼茶肆漫过书院疆场

红楼盛开的十二朵芳艳

千古一绝群艳失色

撕碎金搽撕开红帐

她们脱去华服剖开玉体

用毁灭谱写高洁

用毁灭嘲讽玉堂金马的虚妄

也许这就是女人的渺小懦弱

也许这就是女人的决绝坚强

然而诗人啊,你的笔触何需如此

哀断愁肠,令每个纯洁的生命

目触红楼就心碎神伤

夜夜夜色

月月月圆

你的梅花带着血的温度、凄艳和浓香

一芳千年

诗人啊,还在彼世哭泣吗

还诉不尽一世辛酸满腹悲伤吗

你该含笑,因为

我们已在此世为你建起功名的琼楼玉宇

无数目光明如白昼暖如阳光

最温暖最明亮最洁净的地方

安放着我们

永不磨灭的敬仰

一匹布,开满鲜花

高楼三十丈,她在望远方
一枚风筝折戟沉沙,堕入沟河
也许线太细,也许风太大
或者你不肯适可而止
结局有些失控,就像你行走在尘世之间

莫再怅然,请回身

生活赏我耳光,它也赏我亲吻和蜜糖
生活赏我滩涂,它也赏我玫瑰花的焰火

蘸取血绘就绝世名作，转眼却捧起一把灰烬
命运不是咒语，但是一张嘴就居心叵测

莫再怅然，请回身

柴米在灶间且歌且吟
一匹布，开满鲜花，晾晒在阳台上

清晨,梵乐

你纯白的衣袂,清风掀起一角

在山脚一闪而过

一条幽婉小径,深藏绿荫

牵引我,逐你而去

树高参天,阳光细如金线

一滴露珠,落入眼中

洗净全部尘埃

白莲在梦中升起,你手持莲叶

在溪畔静坐,眉目低垂

附身饮下溪水,清凉贯穿身心

泪水奔涌,随水流去

净除衣衫,沉入水中

一条鱼，与你温柔对望

山那边，梵乐响起
幽幽纱纱，似前世
你对我的声声呼唤

谁也没有你美

初春的蓓蕾,绒毛儿细软,还未褪尽
我一亲,你的眼睛里就呼啦啦开出一片鲜花
哦,你这个小仙女,五岁的小丫头
仰天一笑,一串银铃就在风中响起
醉了我的耳朵
仰面一哭,一颗颗露珠在花叶上滚动
映照阳光,剔透如玉

善是何善,恶为何恶
一只甲虫的死去
也是你心里无法改写的悲剧
吃得惊天动地,睡得天远地阔

一颗真诚的糖果就能换取你一捧

热腾腾的心

山底渗出的泉水，纯净得无法污染

孩子啊，在你心里种下一粒爱

就会在你身上收获整个秋天的果园

孩子啊，世间万象，变幻熙攘

谁也没有你那样美

辑二 · 月亮

一只遥远的碗

我埋在泥土里,我在黑暗里哭泣
我咬紧牙关等待光线劈开千年历史的重负
沧海桑田,物是人非
不知谁的手细细抚去包裹我的屈辱与痛苦
魂归故里,以残损之躯
又是谁,在历史的烟云里查找我的户籍
明清、唐宋,或者秦汉、春秋,或者
与一片甲骨同为邻里
我的身份,让他们殚精竭虑争论不休
另有一群人,眼睛里的火花几欲将我焚化

尘埃落定,容妆完毕,我身价连城

出嫁给华堂玉宇,从此身披

灯光,目光,闪光,再次被厚厚包裹

一睹透明的墙竖起森严壁垒

过度瞻仰使我头晕目眩无法呼吸

是我,非我。非我,是我

我不过一只遥远的碗

灶台蒸腾柴米的喷香,我沐浴其中

一双手深情环绕,我等待盛满生命的养分

被口舌亲吻过千万遍,曾经和牙齿磕磕碰碰

和温热的呼吸在一起,我才是活的

哪怕裂了口子用作他途,我也愿意

我是一只遥远的碗

这是我灵魂的皈依,世间最幸福的莫过于

做自己

月亮

我看见,一轮皎洁明亮

悬挂在我的心上

吴刚、桂树,和嫦娥

还有

落满床前的霜

那时行走在夜里

无悲无喜亦无忧

只有

一片清凉的汪洋

行行复行行

二万五千里

回首不见你

唯余满地霜

谁摘了我的月亮

谁偷了我的故乡

谁在夜里翻滚下坎坷路

谁在花影下独自悲伤

胸口荡荡凄凉又空荒

摸不见那一轮明月光

你来了你去了

一抔光阴洒向纸面

诉不尽

李白的凄怆

把灵魂交给草原

把灵魂交给草原

让风荡平心里的丘壑

一马平川,草长莺飞

牛羊来了,鸟儿来了,虫子鼓乐齐鸣

河水随心所欲,想去哪儿就去哪儿

少女慢慢长成额吉,额吉的笑容里开满格桑花

马头琴奏响爱情,波光荡漾,悠扬又忧伤

你去挤奶,我去牧羊,幼童在草地上晾晒春光

把灵魂交给草原

旅人愿意驻足,万物乐于生长

跨上骏马就能触摸阳光和风的翅膀

毡房一朵朵雪白,散发蘑菇的芳香
敖包垒起一个个誓言
誓言里飞出洁白的云朵,云朵漂在天上
天空清澈透亮,洗净尘土和忧伤

把灵魂交给草原
风吹草低,一个胸膛,天远地阔

红灯笼

女人们将思念挂在门前的树上

点亮呼唤

夜夜夜夜

照亮游子回家的路

柴门闻犬吠

风雪夜归人

世上,没有比亮着灯的家门

更温暖的诱惑

春来节日隆重

酒香浓酽,村庄沉醉

千门万户,窗花喷薄盛开

雪里裹着蜜

悄悄降落下厚厚的

丰年梦想

一杯米酒

一屋灯火

一个心愿

一世安康

红灯笼的童年胜景

我幼时的年

在现世落下

在梦中升起

梦中的额吉

当海面宁静,当火山沉默

当星星都闭上了眼睛

当大地,落入深深的梦中

额吉啊,我已不需要再哭泣

悲伤已随着河水流走

你把鲜花,撒在两岸

每一朵,都是你的笑脸

呼伦贝尔的天空飘满白云

额吉啊,那是孩子想念母亲的声声叹息

我的脚步追随春风走遍每一寸土地

我的双手抚摸过每一只绵羊温热的脊背

额吉啊,你的爱都藏在这里

山岗上大树越来越高,当叶子

在风里歌唱的时候

树根在泥土里越来越深越来越安静

额吉啊,你留在草原上的孩子

已经长成少年

骏马跟着鸿雁飞过呼和巴什格

春风把草原染绿,露水打湿了马蹄

额吉啊

思念太深时光太久,我已不需要再哭泣

站在原野

有时候我站在原野

像幼童丢失了母亲

像女子失去爱恋

时间裹着风

风里缠着沙

把一场一场的哭泣填平

填平又埋没

垒起一层层绵延的曲线

烙上年华的面颊

青春一任老去,无可救药

有些激情如此虚张声势

来如怒涛

我投身,不顾一切

就这样自寻短路

将愈加冰冷的肉身抛诸浅滩

经年回首

那些挣扎,那些垂死的丑态

有时候我站在原野

跟着幼年时光

回溯命里的原点

那山里艳红的石竹花

一点一点开破满目碧青

我挎起摘满野菜的篮子

将歌声送向远方

将忧伤留在故乡

不就是要飞走吗

抓住一只蜜蜂

就能托起轻薄如翼的梦想

又一次我站在原野

无声里的哭，哭里的无声

我去梦里没有胜景

我回故乡没有旧情

那些山花荒芜寂寥，艳得残败

人生注定回不了头

远行就是一场摧毁

初一

春光悄悄，把大门推开

燕子奋翅，剪破北国的寒气

父亲向北拜伏

母亲向南摘下干蒿

迎接喜神

一场虔诚的供奉

一个隆重的祈愿

初一，从一开端

复始，更新

万象元一

敬天，敬地，敬爹娘

溪水，土地，一粒粒豆粱

从一开始

从一而终
初,一把剪刀
破开制衣的新布,如同
一把犁破开封动的泥土
人世间有些道理
朴素得没有道理

曾经,我在初一
不去踩着喧哗和声影
我去田野仰视天蓝如洗
我去沟畔触摸融化的流水
新鲜的花衣一朵朵盛开
盛开的还有心愿和梦想

今天初一,我敬你一杯酒
为了春,为了田野和粮食
为了朴素的爱和信仰
为了重新开始的篇章
学着我们的先辈
心怀虔敬
复始,更新
迎接喜神

青瓦，白墙，桑麻

多年行走，一处处繁花锦树

不过是涂抹在双颊上的胭脂

经常被风雨或者泪水

冲成不堪的面具

赤子之心何在啊，伸出手

拥抱越来越空洞的自己

梦境无可救药，一而再再而三

奔赴那个根植人生的山坡

那是个种豆得豆的地方

青瓦，白墙。桑麻在田里荡起绿波

想把自己抛掷进去，幸福地大哭一场

彼时我执意离开，投靠远方
在时间的河里打捞起的，不过
一篮又一篮浑浊的水，有时
连杯好茶，都冲泡不了

谁能解我孤愁，谁能慰我失落
那就回去梦里，曾经背离的地方开出满园桃花
青瓦，白墙，燕雀鸣叫
故乡还是彼时模样
我笑着，在清风里种下一粒种子

回家

有条路,最远
是我回不去的故乡

假如可以
请给我一个袋囊
我将回到故乡
捡拾田园遗落的阳光,如同
捡拾童年的麦粒
那里点点缤纷
遍地盛开纯洁温暖的记忆

枕着一袋阳光,从此
我的梦,笑靥如花

五月(一组)

之一·童话

清晨,你就把天空擦得瓦蓝透亮
树叶青春婆娑,片片喜不自胜
把窗子打开,接住一腔清爽幽凉
燕雀刚刚成年
褪去青涩,在枝叶间
放声歌唱爱情

五月,你一转身
便散尽了三月暮春的愁烟
风追着云朵,蜂闹着花香

童话睁开眼睛

色彩分明，澄澈清净

日子飞快，我都来不及阅遍

你的无染

之二·荷锄

彼年，那月

一碧汪洋，染了整个村庄

田头狗儿轻吠

一桶晨光，悠悠荡漾

炊烟轻白，唤醒酣眠的辛劳

荷锄而去

男人们背负女人的目光走向生活的牧场

不悲不喜，无怨无尤

四月秀葽，五月鸣蜩

俯下身子，汗滴黄土，清风送唱

锄头上沾满泥土的芳香

仰望蓝天，总有一轮太阳

擦去心底的寒凉

五月,亲手劳作
美好的生活,就是这样
顶天立地
俯仰无愧

之三·渡口

那天
我在渡口等你
梦境翻飞,释放成漫天白云

我想要对你说
来看五月的云
那是最初的情诗
一朵一朵落在心里
海一样深
海一样蓝

一株五月的穗
一段尚未饱满的年华

清风扇动翅膀

拂乱一肩长发

你的背影，淹没在远方的怒红深绿

麦穗终被时光烤黄

经年之后，想起五月

天空就会飘满纯白的云朵

之四·马兰花

不是花旦，而是青衣

七分姿色，三分尘土

明媚五月

在乡野小径披披离离

点点幽蓝在碧波之上燃烧

一世孤傲

盛妆了乡间的绿肥红瘦

马兰花，想要

欣赏她

你需要放下身段

树

一棵树,曾经风华正茂
挺直腰杆,撑起浓荫的屋顶
把鲜花和果实无偿奉送
在风雨交加的时候,或者烈日灼烧
背靠它,找到踏实的安全和抚慰
有时站在别处回首
看见树叶上闪烁的光华
花朵朴素芳香,在阳光下绽放笑颜

如今伸出手就能触摸到树的高处
看到枝叶稀落,开裂的纹理布满树皮
原来它不过一棵瘦小沧桑的树

秋风把叶子慢慢染黄,带走
一副倔强的骨架,在初冬的寒意中
依然保持青春时期的姿势

母亲老了,越来越瘦
她从门里出来,站在路口等我回家
扶着一棵鲜叶尽落的树

夏天的雪

初夏已至,碧翠铺陈

一场大雪覆盖了北方的暖和诗意

走在银光流泄里

寒冷穿透每一个细胞

爱,思念,怨恨和因此而起的声声叹息

逐渐枯萎

落红残骸,随水东流

南方的那座城还没有流尽泪水

揭开每一片瓦都能看见悲欢离合

谁能责问命运的离奇乖舛

正如你无故离去至今未归

繁花终究未能掩盖得了寒冷与悲怆
这一场悲痛太过深重
尽管你曾看见春光染亮我的面颊
泪水在心底结成万丈悬冰，在这个夏天盛开
每一朵，都是万语千言

你不回来

晚风吹过山岗,远方

乌云升起

遮住月光下的路

千呼万唤,你不回来

泪水打湿整个秋天

霜落下,雪落下

沿着点起的灯火,夜夜夜夜

我找不见你

哪里的春天盛开了

哪里的笑颜亲柔如蜜

你不回来,你不肯说

山长水阔,我找不见你

安口窑

很小的时候,她就是一座宫殿

流淌盛世繁华,去过的人们带回一身星星

倾倒在院子里,映照孩子们的眼睛闪闪发亮

她有精美的梳子和香喷喷的胭脂

她有香皂盒热水瓶和漂亮的衣裳

精美陶瓷布阵林立,反光照亮街道和

村庄里家家户户的厨房

水泥厂电瓷厂门口吞吐着一朵朵绚丽云彩

花裙子在笑声中迎风摇曳

那一边,茂林深溪掩不住簇簇楼房的身影

楼壁雪白,阔大的玻璃窗上落下云朵和青山

兵工厂美丽神秘，一座落在凡间的琼楼玉宇
红的果青的葱花的布，油饼粳糕豆花和糕点
人语沸腾，集市上烹煮着热腾腾的人间烟火
还有地毯厂，一幅幅悬挂起来的画
我漂亮的小学同学，十六岁的她
在地毯上绣织出一朵清白粉嫩的荷花

时间裹着风，吹走五彩的裙子
吹散集市上人流的熙攘
厂房的窗玻璃也被风吹走，一座座豁着残牙
日益衰老颓败
水泥厂支棱着肋骨，早已停止呼吸
高岭土越来越少，河水越来越瘦
陶瓷厂人老珠黄，披着尘土蜷在墙角
漂亮的小学同学再婚去了南方，嫁给
一个戴着金戒指的秃顶老商人
一些人回家，一些人消遁，一些人远走他乡
他们带走这个镇子的锦衣华服
也带走她落在苹果上的那抹鲜亮

她的芳华,也许无人知晓,也许有人记得
安口窑
如今她只是一个安静的妇人
守住山坳,守着一个美好的过往

遗忘

褪下花棉袄,披上一朵白云
我远走他乡
把青草、鲜花、清澈的溪水
狠狠抛在身后
还有,风的呼唤,水的挽留
你紧随身后的目光

三十功名尘与土
一场竹篮打水的追索
最终不过在柴米油盐里挣扎沉浮

霜雪染白山岗,田野里岁岁枯荣

谎言与幻象逐一破碎的时候

青瓦白墙成为梦境的主题

你依然站在那个地方,芳华尽数凋零

干枯、衰颓、孤独,深秋里的一棵树

我走得太远了,河水没有回头的路

你就这样被遗忘在风中

不曾为你擦拭面颊的尘霜

如今这些遗忘深深刻进骨头

令我思及你的每个瞬间,疼痛万分

被阳光晒黑的孩子

妈妈的奶水浓稠甜蜜

一头牛犊仰头贪婪吸吮

阳光照亮牧民的毡房

炊烟把幸福送向远方

你翻滚在泥土里

头发像蓑草一样蓬勃闪亮

你奔跑在风中

身后的气息花儿一样芬芳

你亲吻过鲜花和草地，牛羊都是你的家人

开心的时候，一串银铃在草原上响起

瞬间驱散满天乌云

生气了就和小伙伴扭打在草地上

一转眼又帮他揉搓裤腿的泥巴

泪痕在脸蛋上还没有干去

妈妈的奶水是甜的

妈妈的泪水是苦的

粮食必须用血汗浇灌

树苗只会一点点长高长大

母鸡不会打鸣，会生下新鲜的鸡蛋

狗狗不用穿着衣裳到处炫耀

它自己会在春天里脱下棉袄

谁也不用专门教诲，真实的生活就是学堂

嘿，宝贝！阳光把你的脸蛋晒黑

一株黑黝黝的高粱穗

饱满结实，给人热望

你不用把琴棋书画当作外衣

眼睛也不用装上玻璃窗

你习惯在大自然的剧场里独享音乐盛宴

想吃就吃想睡就睡

风吹雨打寻常得如同吃饭穿衣

赤着脚在草地上奔跑

脱下衣服扑通一声就把自己扔进河里

嘿，宝贝！生命就应该这样长大

和花草树木，和牛羊鸟兽

一起吸吮大地的乳汁

鲜红滚烫，血液里没有虚假和谎言

笑容和花一样真诚，骨肉和树一样健康

一双眼睛，映照蓝天白云

生长在泥土里的孩子啊，宝贝

看见你就忘了尘世的烦忧

一路向西

我已无力抵抗,端起一碗酒

风沙,牛羊,兑上甘洌的泉水

一饮而尽,然后

醉卧一片荞麦花香

酣眠三个晨昏,心就这样

一点一点融化在归依的梦中

一路向西,向西,伸手摘下落在肩头的云团

把天擦得更蓝更亮,把山水人心擦得没有污垢

一个呼喊,天会应你地会应你人会应你

辗转千回,每一段路都有柳暗花明的机关

人力不违天地造化,鸟虫,瓜果,油盐

互不惊扰,在悠悠摇曳的炊烟中散发清香

一路向西,远寺晨钟唤醒一天的劳作

就这样在阳光和汗水里度过一生

把温暖和清白一粒粒种在黄土里,然后

在庄稼里开花结果,在骨血里代代相传

就这样一路向西,抚摸过岩石厚实坚硬的脊背

亲吻过野花浓烈孤绝的芳香

天涯孤旅,要把什么握在手心呢

就给我一把高粱或者谷米吧,酿成酒

和泪吞下这口温热,抚慰我焦渴的乡愁

等你老了,我去看你

正月初二,街广人稀

穿过浓烈酒香和紧促藩篱

端端正正干干净净,我听见你稳健的步履

不过是昨天刚刚告别,今天再次相遇

吃了吗,冷不冷

也非寒暄也非正题

把杯子递给你

清清亮亮,随常如水

我说我老了

你说比以前更美丽

我说你没变

你说多年不见岂能不变
你的婉转，漏洞百出又如此完美

家人，健康，工作，忧喜
水流过河床，鸟儿穿过树梢
有一句没一句
草色遥看，近趋却无
不过是窗外春风拂过山坡

那些年流过的泪水在你的记忆里结成盐巴
我看见丝丝苦涩依然穿透你的目光
我笑了，用开心冲洗自己的罪过
我该给你一个放心的惦记啊
你尽力放上天空的鸟儿，不能跌落尘埃

你那样爱鲜花呀，你却只管浇水栽培
你那样爱鸟儿呀，你却只管捧住它遗落的飞羽
世间有种恩义
深到如海，重到如山，也
清到如水

亲爱的粮食(四种)

你如果不曾沾染泥土亲手劳作
你就不会懂得粮食的意义

——题记

之一·玉米

唇舌之间翻涌的甜蜜
一定要追溯苍穹下的碧波

三月,男人们用犁铧
在褐色的泥土里一行行写下诗篇
一步一顿首,喜悦和憧憬
悉数种植在齐列布阵的字里行间

五月,俯身除草,女人们头顶的草帽

漂浮在碧波之上,一点点白帆时隐时现

一俯一仰,必须要哺养以虔诚和汗水

把健康种植在这群绿衣少女的骨血中

八月,你一定要去这片林子,深过头顶的海

没有什么如此壮观,怀抱婴孩的女子们

成千上万,数以亿计,荡荡漾漾

淹没了整个村庄

红缨帽的宝贝们,越来越胖

有时会压弯母亲的腰身

每一个母亲,都把喜悦送过头顶

在风中,片片飞落,传遍整个山野和村庄

九月,母子们褪尽青涩,迎风欢唱

一场丰收的舞蹈,燃烧了角角落落

唯有纯粹的诚意与付出,可与金子媲美

一座山,黄金灿灿,照亮一年的光阴

汗水在泥土里酿制成的甘甜

染上舌尖,沁透心肺

激起远游儿女心头的万顷碧波

之二·小麦

谁知盘中餐,粒粒皆辛苦
一生,一定要割一次麦子
也许才可以赦免对此无知的罪过
额头顶着一轮艳阳,炽热打开
土地的每一个毛孔
肉身,就这样炙烤烹蒸其间
一片芒刺遍身的金子,依靠
一把一把从血液里离析的汗珠换取
也许因此,五谷中
唯有麦子最具有人的肤色

经历秋雨浸淫、酷寒肃杀和惊雷烈电
麦子不死不灭,终以一身骨气傲然挺立
只为兑现去年白露时节对耕者的一粒承诺

被割除的头颅,千锤万击,挫骨扬灰
麦子供奉给人类最纯粹的雪白
放下身段捡起一个麦穗吧,此世间
有的人未必比得上一粒麦子尊贵

之三·荞

月明荞麦花如雪

一个花季如此美好的女子，麦子之后

从热腾腾的黄土地里悄悄生长起来

随意挥撒一把种子，没有苛责，不讲条件

只要短短三个月，她就在麦茬凌厉的土地里

长高长大，开花结实

身肢柔弱的女子啊，却有着毫不通融的棱角

一番捶打之后，终于母子分离

一粒粒三棱的褐色钻石，尖锐、刚烈

为纯白温良的赤子之身裹上铠甲

智慧并不显而易见

荞麦，也许我们看轻了她

终究性情冷僻，不是饭食中的主客

然而酷暑时节与她唇舌相依

她的丝丝寒意会拔除你肺腑的火气

一场雨清凉暑热的日子，轻轻

清洗留在生命中的滞重和垢腻

之四·高粱

她腰身坚韧，尽力托付沉重饱满的果实

和麦子不同，没有一身骄傲的芒刺直指蓝天

她越是成熟，越是一副谦卑羞赧的样子

高原的秋风吹过，那一片高粱

长成一群太阳下的额吉，脸膛红黑

低头劳作，朴素得惊心动魄

一个女人，应该生出很多的儿女

子息繁盛，家家炊烟袅袅

高粱和其他庄稼一样，懂得繁衍的要义

站在高粱地里，顿悟五谷丰登的内涵

把庄稼种成这样，把日子过成这样

硕果累累，红红火火

朴素饱满，沉静安详

与青城山的旧情

人与山水,一定是同呼吸共命运
看见你,便无法抗拒一见钟情的结局
深入你呼吸你,血脉里全是你的颜色
一种清澈无染的翠绿,于是冥冥中
无可避免,我变成一棵树,枝叶招摇
一团碧色,吞云吐月
把整个山整个城凝结成一块翡翠
悬挂川府颈间,浓绿欲滴

时光凿穿了许多记忆,你一如既往深藏心底
那一块透碧,只要触及
世间万紫千红,皆尽荒芜

你用快乐埋葬悲伤

风在树头猎猎欢唱，杏子开始散发芳香
阳光为你一头银发镀上金黄
弯腰背起小孙孙，一个捡来的跛足孩子
亲着他，为他轻声吟唱
摇篮曲里有晚风的清凉
远方路遥遥，六月的麦田被黄色染透
村里的雏鸟长大飞出屋檐
徘徊在他乡的骄阳中忘了故乡

你总会歌唱，弯腰割草，脊背比镰刀弯曲
窗外一轮明月，屋内灯光昏黄
你对着月亮吟起思乡的歌谣

腿上搁着早逝儿子的旧衣裳

为孙儿绣制花鞋,春天在孩子脚下盛开

雨后修缮屋檐,两条腿撑起一身骨头

没有叹息没有泪水

歌声里落下汗水,瓦片排出整齐的线条

命运让人无言以对,暴风骤雨之后

鲜花依然开遍了山冈

喜也是土地悲也是土地

唯有果实,唯有花香,唯有一棵树

在土地上越长越高

奶奶,一个不幸的老母亲

七十年的光阴染白你的头发,对着河水

鬓角别上一支山丹丹

十八岁的明媚瞬间照亮你满脸的沟壑

谁也没有看见你的哭泣

暖阳在破旧屋子的后背冉冉升起

一炊一饭,朝朝暮暮

你用快乐埋葬无数悲伤

假如我死去

假如我死去

请将我带回故乡

那棵无名的树不会开花也没有果实

我去陪伴她度过年年岁岁

愿她从今后不自卑

假如我死去

请将我送给云

童年渴望的幸福啊

把我埋在那堆厚厚的温暖和明亮里

从此不寒冷不忧惧

假如我死去

请将我送到南国的海边

爱人离去不返

我要开出一片火红的花

照亮他回归的路

假如我死去

请将我送给山脚下的溪水

百折千回日夜兼程

只要那边有海

我的前进就永不停息

假如我死去

请用笑容亲吻我

请把灯光送给我

请给冬天燃起炉火

请在纸花上写满爱

你看你看，那夜飞的璀璨流星

你看你看，那山谷里挂起的萤火虫

那就是我

对你的无尽感激

突然不记得你的名字

牡丹盛放,如迷幻的梦境
层层叠叠千重万复
你的面容在花瓣上浮现
你笑得恰逢其时
眉目舒展嘴角上扬的时候
花香弥漫了整个园子

如果爱着牡丹,那就爱着你
如果爱着你,那就爱着牡丹
年年岁岁,生生不息

晨光把梦境击碎

散落一地，随水东流

我突然不记得你的名字

那埋植在心底的根

丝丝缕缕缠缠绕绕

纠结在血液、呼吸和命运里

我突然不记得你的名字

一棵树连根拔起

是谁的手如此冷酷而神秘

不疼痛不流血

只有巨大的空洞

在风中萧萧悲吟

听一首歌的时候

听一首歌的时候
涉足一条小溪,清澈沿着双足游到心底
心底干涸的泥土开出花朵
风穿过树林,把衣襟挂在枝上
马儿飞过,蹄音在地上奏出音符
听一首歌的时候,世界骑着骏马回到从前
姑娘汲水井台,井水洗净姑娘眉间尘灰
阳光把金辉镀上村庄,村庄宁静安详
鸟鸣,狗吠,孩子的笑声,牛羊的气味
村庄的藤架上垂下一串串碧玉
集市热闹,老人把糖果带回
把乡邻的祝福带回,照亮整个堂屋

一首歌,一场旅行,进入耳朵的隧道
穿过身心,抵达灵魂栖居的地方

妈妈，我在等你

灰色的村庄尽头

落日的金辉

染红了

我的眺望

我知道

妈妈就在那个

最暖的地方

妈妈，明早起来

如果看见天边最亮的一颗星

那就是我

整夜凝望你的眼睛

春节

娘说

春天来了

回来过节

酒香漫过梦境

点亮无数艳红的灯盏

可是,我在春节

失去春天

饱满的花骨朵刚刚呈送

一场酷寒冷冽

一棵树被春天的花夏天的叶秋天的果

全部抛弃

娘

千里之外

儿为你

扫除旧年的尘灰

儿为你

披上新年的喜庆

儿为你

饮下一年的牵挂和祝福

可是,娘

请让我躲在角落里

擦干泪水,为创伤敷上药粉

请给我逃离的机会

因为我没有花朵和希望

送给春的盛典

辑三 ■ 缺

暗恋

也许,是另一种厄运,却从采蜜开始
看见你,春雷初降
闪电劈过心田,洪水暴发
却必须筑起高高的堤坝
不得泄漏,不得溢出,用尽全部力气
拦截,围堵
心胸里大海波涛汹涌,在无人处
潮汐一次次漫过海岸,打湿整个夏天
这份沉重,这份压抑,这份苦涩
是否要掘开口子让这海水一泻千里
可是,一颗心早已不知去向
它融进每一滴海水
随着波涌,幸福舞蹈

黄药师的情书

爱是断肠的毒

无药可医

春去春又来

桃花谢了桃花开

一抹红艳万种相思

蘅卿

哪一朵才是你看着我的眼睛

飞花影落，碧海潮生

玉箫声咽泪千行

蘅卿

忍将光阴年年度

一寸相思一寸灰

埋了我的年华，染了我的双鬓

蘅卿

一别经年，陌上相逢

玉容青树曾记否

花有万般娇娥

叶有千种姿色

离了桃花岛

我的心便枯了

蘅卿

人面桃花，桃花人面

每一丝微动都是你的笑靥和情话

曾经沧海，除却巫山

蓬莱岛上千帆过尽

只有你

是我心里永恒的喜和痛

纵横天下逐鹿中原

重阳高风未附骥

武穆遗书不留顾

是非逐水去

荣辱空流光

蘅卿

桃花岛上守着你

便是我一世的功名

摘花

你许我一座庄园

你许我一片春天

你许我一生芳艳

你许我无数明天

没有泥土

没有水

没有阳光

没有栽培

梦境迟早被黎明击穿

童话总被现实污染

绕来绕去纠结痴缠

不过一场亲切的自慰

你要的

不过是摘花

别拿爱情诱捕我

美丽的梅花鹿低头饮水
珊瑚在头顶鲜艳盛开
不要睁着大眼睛临花照水吧
狮子已经悄悄出现

你给我一把青草,碧翠欲滴
你用尽温柔的呼唤
饥渴在体内烈火腾升
我跟着你就这样径直扑进屠刀

一粒烛火诱杀彩蝶的斑斓
她拼命扑飞,为着炫目的明,炽烈的暖
要死了要化了要黑成灰,无忧无惧

前世她是封在冰山里的一只狐

鹿，你不知道你爱美

羊，你不知道你单纯

蝶，你不知道你怕着冷和黑

你不过死在你注定的缺失里

世上有千千万

看见我，请别拿那爱情诱捕我

我比鹿爱美，比羊单纯

比蝴蝶怕冷更怕黑

梦境里我夜夜走在追寻爱人的风雨里

看见我，请千万别用爱情诱捕我

它比狮子更凶狠比屠刀更残忍比烈焰更无情

所以求求你

看见我，请不要对着我温柔地笑

请收起你的甜言蜜语

请不要对我许下诺言

请放过我不经意的孤单

爱情它纵有千般好

它却是蜜糖里裹着的剧毒

我摘下一朵枯萎的玫瑰

乐声里突然断裂的弦

惊了我心里的华美

就此无语凝噎

一段流水失去铺叙

我摘下一朵枯萎的玫瑰

一片盛年的芳菲中,她独自憔悴

青春蜷曲,红颜裂碎

唇上残留的一抹浓妆

仿佛蒙尘的一段回忆

我摘下一朵枯萎的玫瑰

无尽怜惜，我无处安放的伤悲

为什么她突然决绝断了尘世的爱慕

为什么她突然决绝舍了印证爱情的机遇

这爱情的信使啊，也许她不堪承载虚伪

你看

那数十支浓烈的艳红之上

情人的誓言珠圆玉润，尚未干涸

颊上的浓妆还未卸去

故事已换了主角更了主题

不如就这样自行了断，总胜过

用生命装点一场繁盛的谎言

我摘下一朵枯萎的玫瑰

我把她插在明净的玻璃杯里

世间有些刚烈的残败

不靠近就闻不见她的香味

不了解，就不知道她的纯粹

剑

关关雎鸠

在河之洲

隔江相望的男子

我们无须

势不两立

给你的

都是真的

我不过在痴情里藏了一把剑

爱是一场战争

丧失自卫

我必沦陷

喝酒

你总说我是一瓶美酒
唇舌沾染就会上瘾
于是你一而再再而三地
倾倒,畅饮,然后醉得不省人事

风从远处走过来,抚摸了花朵抚摸了树梢
也抚摸了我的脊背和脸颊
最后它看见酒瓶,轻轻一个掠过
酒瓶就发出呜呜悲鸣
你举起瓶子摇一摇,接着一个动作
一声脆响,惊飞了枝头的雀儿
我看见了一场注定的破碎

美好已被用尽，秋风比流水无情
坐在空空的光阴里对着空空的酒杯
我渐渐坚硬渐渐洞明，如同
一只贮满悲伤的瓶子

幸福

你就这样停下吧,再也不要去远方

牛羊一群群啃着青草

女人为她爱的男人生下一堆孩子

青稞素淡,素淡里有丰盛的念想

守住露珠里滚动的朝阳和小溪里燕雀的身影

功名会死去,钱财,还有琼楼玉宇

最终不过在别人口里化为涎水

你就这样停下吧,英雄到头来空负盛名

只有爱是他最后的骨血

一场云雨一场喜悦,拉开大团大团的白絮

万物在这温暖的天地间勃勃生长

扔掉铁鞋吧,那血肉模糊的奔波千里

赤足踩进柔软温润的生活，我为你奉上的茶盏

幽香散出窗棂，你看，窗外花儿都开了

阳光一缕缕灌注进她们的丝丝血脉

花瓣的每一朵娇嫩里，都涨满幸福的红晕

你再不要去远方，就这样留下来吧

要为你盛开，在清风中起舞，在秋声里

结出丰硕的果实

4月26号

那就这样吧,流水不再拍打我的胸膛
那夜夜不息涌起的寒凉,回声荡荡
4月26号,我带走了最后一串足迹
让海面,空悬一轮明月

忍不住,几经回首,那云幕低垂啊
那海鸥衔着闪电往来穿梭
回忆要把暮色点亮,雨水终于落下
浇灭星星和火光

那就这样吧,永远没有岸的追逐奔波
摧毁高高扬起的桅杆

你的誓言在海面上聚起雪白的泡沫

谁的年华可以遥遥无际

我在沙上刻下这个日子：4月26号

梦中，你的目光如此温柔

桃花还没有开遍

我在树下看流水把春光送向远方

浮起又落下。漩涡吞吐无限心事

是否还要和盘托出呢，这残破的年华

往事休提，一提，大雪就会不约而至

你赤着足，拎一壶清酒，歌吟而来

一箪食一瓢饮，白云生处散落人家

谁家情郎遗失的羞涩，涂红你的面颊

就这样与你梦中相逢，断章重续

已经不需要太多，人生常常无语凝噎

想要抚平你眼角沟壑,一伸手

梦就碎了

你的目光如此温柔,已经足够消融

整个草原覆盖着的厚厚积雪

伸手给我

世间有些相逢，是残酷的
你一个微笑，我的心就被掏走
你转身离去，我徒留躯体
从此，空空荡荡
一片萎凋的叶子，在风尘里来来去去

上天也曾仁慈，赐予我在梦中与你相逢
却是三十年后，时光在你头顶堆起白雪
又是一笑，我的胸口疼得厉害
捂不住那个伤口，鲜血从眼角哗哗流泻
多少年不知道疼了
我的心在你的身上是否完好无损

你说,好吧,还给你。一种温存胜于诀别

你的名字在我唇齿间,反复咀嚼,渗入血液
黎明划破梦境,胸口空留疼痛
那颗心何去何从,我甚至不去关心
我想要的不过是:请你伸手给我一个怀抱

糖果

亲爱的，你宽大的手掌堆满糖果
仿佛一群振翅的蝴蝶，色彩斑斓
欲望舔着舌头深藏不露
悄悄诉说早年遗失的甜蜜和自由
抗拒始终言不由衷
最终，一场哀怜打败骄矜
沉入你的诱惑，在井底，失去天空和风

你的手掌已空，味蕾被瘾症折磨
欲望是一条难以喂养的鲨鱼
它转身，利齿上寒光闪烁
不须问，是谁种下这明知故犯的恶果

与你相逢，命中早已安排就绪

缺失与填补，一对宿敌，也情浓于水

咽下糖果，这一生都逃不出你掌心的迷途

缺

已是掰碎的半爿玉,另一半
高悬梦境,在月半之夜
相期相会,融合,盈圆成一体
谎言奠基的爱情,难以谱写续集
一杯杯盛满清冷的月光
仰头饮下,腹内滚烫灼热
一种恨一种忆念,纠结着扑杀心肺
想你时举首望月,恨你时举首望月
那补不上的残缺,埋葬在千年厚土
手执半片,用来照亮
暗黑的茫茫海域

心愿

你在踏雪,我在寻梅。或者
你在引剑,我在援弓。总之
免不了殊途同归,狭路相逢
我在佛前许下这样的心愿

天意如此,还是你我无缘
叩问落入水中,在命运的波面绵延不绝
只有一束目光相触,缘何天地崩裂
从此你非你我非我
两个人的命中,就此互相嵌入一枚银针
疼痛太深,泪水太多,因此无力歌颂繁华盛世
爱情的花园都是别人的

你用胸中烈火锻造出一把承影剑

行途万里，唯有星月相伴

我想要为你擦拭剑上晨霜，倾尽柔情温暖

却咫尺天涯，屡屡擦肩

暗泣又如何，叹息又如何，不甘又如何

既已失却今生，那就祈愿来世

愿你我狭路相逢，哪怕一对搏杀的冤家

要么

要么你捧出滚烫的心

要么你交出时间的钥匙

要么你供我琼楼玉宇

要么你赠我金盏银杯

与贪心无关

没有比年华更昂贵的诚意

只是不想把纯美折价给你

甚而至于被你啃咬之后抛掷沟渠

更不许你用甜言蜜语兑换

那些让我失去筋骨的美酒

在垂起的夜色里泛着荧光的迷彩

你要栽培才有绚丽的春光
你要耕耘才有丰收的喜悦
投以木瓜，报以琼琚
世间美好，如果白白享用
无异盗贼

亲爱的，我们只有一匹马

在极目荒凉的尽头
有白色的焰火冉冉腾升
亲爱的
我看到你驾马而来
光芒的雪亮穿越风声和
盛夏蛰伏万里的寂寥
白衣白马的男子
幡然飘过相隔千年的思念

那是剑锋滚过的一粒阳光
你的目光焚毁了我的孤傲
伸向我的手

架起你我生生世世的鹊桥

就这样挽住漂泊的流云

我在你的马背上安家

跨过西域走过盛唐

江南漠北大都边邑

白马的蹄声惊醒花的睡眼鸟的梦境

我们迎着朝阳背着星光

数不尽的诗词歌赋在身后灿烂盛开

经年风霜撕碎你的衣袖

丝线缠绵，引着月光连缀沧桑的缺口

你的鼻息软如春风

驱散我枕边暮秋的霜寒

我们的马儿，背负一段贵重无比的爱情

把饥渴辛劳悄悄咽下

把足迹谱成最美的诗篇

亲爱的，我们只有一匹马
只要依靠你的胸膛
寒冷的冬天
也会落下漫天梨花
怀抱日光月华
咀嚼花香啜饮山泉
只要握住你的手
便拥有了全世界

怨

舞过我的梦境

你的衣袖萧萧风起

再一次,我

赤着双足

踏碎满地月辉

奔向瞭望你的山头

你说

你在那个地方等我

于是我义无反顾

怀揣你的召唤

任寂寞如刀

插遍每一寸骨节

十几年

更漏滴滴

泪落成河

亲爱的，我的英雄

满天星斗，哪一双

才是你望着我的眼睛

难道真的

你的爱

比神话更渺茫比源头更遥远

我的追寻

比夸父更悲壮比比干更惨烈

亲爱的我的英雄

花谢春残

一年又一年

我

要等你到哪一天

你是我前世的女人

百年前

从血火燃烧的战场上,我

救下你

角落里哭泣,你的

泪花打湿我沉重的铠甲

浸血的宝剑因此纯净如旷野月色

桃花映红窗棂

窗纸素净如霜

你在窗下梳妆

窗外春天如火如荼

你盛开在我的爱情里

娇艳无比

面对你,亲爱的
我常常回到我们的前世
今生我身为女人,你
亦非红颜
我狂放不羁
总想仗剑远行
搭弓射下九个作恶的太阳
而你,眼里的柔波依旧盈盈欲滴
一如羔羊伫立草原
清澈的小溪流过远道而来的春天
你的眉目因此愈加清澈温柔

那就守护着你吧
无怨无悔,也许
你就是我
前世的女人

如此爱你（三首）

壹·舌尖上的舞蹈

仿佛烟花一瞬

火与火相逢的刹那

天地鸿蒙

亲爱的

思念盛开

繁花锦簇

开满夜空

红唇间盛开的小小火焰

纠结缠绵

婆娑迷离

风雨交加

刀光剑影

一朵朵烟花在骨头里迸裂

疼痛宛如醉透的红霞

漫山火红的杜鹃盛开在你眉宇之间

烈焰熊熊经久不息

亲爱的,如此激烈

你要诉说什么

乐声渐隐,火焰熄灭处

一汪秋水,满池莲花

亲爱的,我已醉倒不省人事

贰·齿痕

宛如紫丁香
开在肩头
小小一串
紫色的痕迹

亲爱的
何以如此狠心
我是被你咬伤的一只苹果
伤口裸露
甜蜜的汁液涌流不息

亲爱的
何以如此贪婪
恨不能一口吞下
生生世世的幸福

你说但愿
伤口终生不愈
但愿
紫丁香常在肩头芬芳

叁·落红

暗香扑鼻
梅花盛开

漫长的寂寞
坚韧的守候
只配与这
雪的圣洁
相映生辉

亲爱的
一世只开一次
一生只落一回
还有什么誓言
能与它
媲美

就算让我死在这一刻

啊,我的爱人

投向你的火海

奋不顾身抛却所有

就算让我死在这一刻

我也愿意

流水一去不能回头

世间没有恒久的幸福

我的爱人

握紧我的手吧

不要松开你的唇

让我们在火中化为灰烬

在爱中收获来世永生

就算让我死在这一刻

我的爱人

我也愿意

千里迢迢万里跋涉

我们历尽万苦千辛

海面上波涛四起烟雨迷茫

我们目光如炬

照亮彼此我的爱人

找到你

就不想放开你

让我们在爱里长成树吧

让我们颈项交缠四臂环绕

让我们把根扎进对方的身体

让我的泪水滴进你的眼里

让你的呼吸成为我的云霓

啊，我的爱人

我不愿意再次失去你

就算让我死在这一刻

我也愿意

你是惊涛

我愿作小舟舞在你的风波里

你是长风

我愿在你的唇间呼啸吟唱忘怀红尘

良骏为英雄而生

宝鞍为良骏所配

爱人啊

你我是天生的一对

天地茫茫宇宙洪荒

这世间

只有你我

你是太阳我是月亮

你为我而辉煌我因你而明亮

让我们

永不分离

让我们生下

满天星光

爱人啊,谁还有我们辉煌呢谁还有我们荣光

张开你的双臂吧

让我投进你的海洋

就算让我死在这一刻无法再见你

爱人啊

我也不会悲伤

你的名字

把手伸给月亮
渴望摘取一束远光
一世孤傲的尽头
空余姿态

情不自禁
呼唤你的名字
风雪夜归
我的脚步
由你牵引

咀嚼一世

余香不绝

磨碎了骨头和牙齿

你的名字穿过心房流进血脉

于我生命深处

盛开如梅

你的名字

轻轻敲碎

我骄矜的肋骨

我就这样心甘情愿沉静如泥

荒郊青冢

月华暗涌

生时念你的泪水

浇灌坟头独开的小花

那是

你的名字

情人

暗香浮动

是你点燃

晚秋的玫瑰

吻痕湿重

霜冷长河上烙下

流不走的激情

情人

你就是隔世的魑魅

今生的孽缘

血作梅红纷落

泪成丝雨绵绵

在梦里诉说

刹那的永恒

你的手心

把双手投进去,有时

把脸埋进去

不过巴掌大而已

它却为我遮住了全世界的风雨

一床厚厚的被子,我在其中安然酣眠

热腾腾的酒,都从那里涌出

用双唇接住,只一口

就醉倒它的怀里,痴缠偎依

耍着赖,醒来也不情愿出来

就这样不过一个手心

愿意为它忘了全世界

在水一方

你我的确不远,汤汤大河的对岸
一群白鸟来来往往
在河面上投下时光的影子
对她们都太熟悉了,飞落的羽毛上
有你世外桃源的吟唱
捡起一片题诗其上,如此与你两相对映

诗经的精魂早已被人忘却在红尘之外
遥远的三江源,只有多情的人逆流而上
吟诵着"蒹葭苍苍,白露为霜"
用生命去追寻最初的纯净

你抛却了繁华盛世呢还是繁华盛世抛却了你
你的清绝在我的夜空点亮无数明星
至今没有一副完好的铠甲来抵抗刀剑和针芒
想借宿你的小岛,哪怕一时逃离
看一片白云慢慢降落在门前的芦苇荡
看日月安详轮转,万籁俱寂
看你纯净的目光中鸟影轻轻掠过

已经多少年了,就这样隔河相望
目及这样近,举足这样远
这是命里的使命,你可愿借我一叶小舟
安度湍流,然后,走向你

说不出口

春天来了

红云漫过门前的山坡

燕子裹着风绪穿过云朵

春天去了

溪水里载满粉红的留恋

秋千架上不见身影翻飞

夏天来了

青蛙在窗外夜夜孤独高歌

青青的杏子缀满枝头

夏天去了

蝉声焦躁唱着没有应和的爱情

山坡头上镰刀走过一遍又一遍

秋天来了

高粱低下头思考来世前生

村外的溪水漫过姑娘的红绣鞋

秋天去了

柳叶儿纷纷抛落迟暮的容颜

庄稼地里风儿带走所有的颜色

冬天来了

太阳不肯早早起床

猫猫赖在墙角里温暖

冬天去了

雪花无声把寂寞忘情挥洒

狗狗寻找青梅竹马烙下满地梅花

亲爱的

日子这么久

过了一年又一年

简简单单三个字

总也说不出口

字字千钧

沉堕心底

多年

已经多年了吗？时间满得溢出年华边缘

那个冬天兀自鼓胀起来的希望

被抽了耳光，接着

春天所有的花儿全部凋落

正月十五，走在晴空里

一束光线一把冷剑，整个人

支离破碎段不成匹

青春一丝一丝抽离出去

连同亮的光和鲜净的情绪

有些事情始终无法诉说

就像疼痛埋在肉体里呐喊无声

就这样与你天各一方永不交集

擦在唇上的口红,在梦中鲜血涌流
渴望重逢就像罪孽,得不到饶恕
梦里看见你的笑,就从梦境里哭出来
一路哭到那颗心空成蝉蜕

今天走在春风里,云朵白了花儿还没有开
你是否已经加了年岁
你是否还记得那时我的狼狈
多年时光一刀刀刻凿
你我已经面目全非
奈何桥上,历历过往遁入空门

今天,春光刺入眼睛
切开伤口,又看见你

闻似故人归

落下春雨的时候

你叩开我久闭的柴扉

花还没有开,我说,我不想让你失望

道阻且长,你说,你要的不过是暂作歇息

一盏灯从此将寒夜照亮

一树一树海棠,在窗外燃起焰火

我不需要太多,这就够了

在心里深埋下一个名字,静静等待

泥土里有了种子才不寂寞,度过秋度过冬

在春夏把梦想全部盛放

就这样,一年又一年

门外是否是你

马蹄声惊碎晨间静谧,风里裹着你的味道

把门打开,把光拥入怀抱

亦梦亦幻,我在这虚空里泪落如雨

思念有多深,等待有多长

既然不归,何须让春风传达你的讯息

你也许不懂,这就是你的残酷无情

再见

那不过两颗轻渺的弹丸,吐出唇间

却瞬间击碎头顶的蓝天

落在心里,腾起蘑菇云

山河崩裂,岩浆沸腾咆哮

滚烫过心底里每一道沟壑

或者,那不过一个随意的动作

挥一挥手,转身离去

却扯起一面巨大的帷幕

天野四合,太阳月亮星星和云朵

还有花的芳香树的妖娆

一并打包带走

黑暗,虚空,双足漂浮
茫茫无际,无所归依

杀人无须都要握住匕首
有时,有这两个字,就足够了

问世间

我不能没有你

有你

又如何

一处打结

锦缎上处处疙瘩

我从九天下凡

再也无法织就

天边的红霞

粗茶淡饭一年又一年

任朱颜凋零

任青丝变霜雪

就这么成全了一个
千年佳话

天上一日
凡间千年
不知今夕是何夕
我欲乘风归去
人间烟火焚了我的霓裳羽衣

为什么必须是我
抛却最初的立场
只因
我是女人吗

梦见你

你在梦里拥抱我
你在梦里亲吻我
你在梦里穿越过我的怀疑
你在梦里把梦境变成现实

黎明升起,梦就死去
它很短暂,它只有一息
用一生的疼痛,换取一时的快慰
生活,这是你赐予我的一个慈悲

辑四 ■ 青梅、酒和英雄

辑四 ■ 青梅、酒和英雄

握住悲伤

独立在高山之巅，大口饮下狂风和天边的霞
琴弦在暮色里响起，音符跃出海面
摧桅的船，载负血迹、烟火和荣光
在波光中昂然向前

勇士的血，焚烧了历史的颓败
他的躯体在火光中引吭高歌
奋飞而起的鹰，在废墟上盘旋

你是否看见我哭泣的眼睛
在你看不见的地方暗自神伤

钢刀穿过柔肠,鞭子抽打在心上
当命运露出獠牙,当獠牙刺进肌肤
请把悲伤紧紧握住,挺起铁的脊梁
然后,凶猛出击

没有血、烈焰和泪水的浇铸,宝剑空负英名
英雄,唯有依靠战火疗伤
请把悲伤握住,请披上战袍
跨上战马,奔赴你的疆场

一声叹息

她的一声叹息，穿过暮色
湿了月光，洇了云朵
落在菱花镜的波光上
一朵花的苍白微微战栗

美人约在黄昏后，机遇千金散尽
悠悠我心，我心一汪桃花潭
你的无信，落入潭底的一枚石子
一波不兴，风平浪静

握住一尾受惊的鱼，凄伤浮游而上
空空韶华空空叹，丝丝缕缕

编织成纱帐一帘，飘飘摇摇
看门外春色，一任落花流水

不如，不如拾起那枚银针
把叹息密密绣进岁月
秋来，一池残荷
梗折茎断，风月无限

真实

喜欢真实

恐惧真实

追慕真实

践踏真实

我是无法自持的一枚石子

把持真实的理想

发出虚伪的声音

想要哭却笑了

想用愤怒回击不平

却扯起谄媚包住怒火

我是滚滚怒涛下的一枚石子

唯有血肉之躯

它在扭曲下艰难求存

用红热的血坚硬的骨头

保养我惶恐不安的心

因为最后的真实

住在那里

负重

豆芽破开泥土的坚硬找寻天光
鹅黄的喙敲裂蛋壳找寻明亮
骨朵撕裂萼片找寻春天
蜗牛背着房子找寻爱情

飞翔，冲击，跨越
背叛，欺骗，谎言
爱情，信仰，责任
世上没有一种前行不是负重

流下汗水流下泪水流下鲜艳的血
饮下孤独饮下挫折饮下心头的痛

只要不想死

就这样

呼吸耳边的风

负重前行

辑四 ■ 青梅、酒和英雄

皱纹，皲裂和衰朽的木门

他在阳光下静坐
一秒一秒，时间在额头刻下皱纹
细波与沟壑，纵横交织
掌心干涸，一片片皲裂
青春沦陷，衰老浮起

看见花开，看见白云在天空游移
他无声微笑，一株葵花仰面而开

木门衰朽，年月摧垮了它的骨架
唯有环扣，触手处披满光华

残垣内春光已死,燕子在墙外衔来春泥
穿门而过
生与死相濡以沫握手言和

辑四 ■ 青梅、酒和英雄

做一块石头吧

谁的一滴泪落在泥土里
从此把所有过往打包封存
身居烟火尘缘了断

落满时间的灰、伤痕与艰辛
没有诉说、抱怨和悲伤
风过去,雨过去,鸟儿飞过去
情人把蜜语一粒粒堆满身畔
你始终无动于衷

做一块石头吧,如果有来生
堕落在沟渠掩埋在泥沙

刀枪剑戟鲜花云雨

你依然是你

在这世间，心硬成这样

是另一种智慧和幸福

一把米在水中开花

载负冬天的蕴藉，春天的萌动
夏天的勃发，秋天的成熟
一把米跃身投入水的滚滚沸腾
月光的乳白在清水中弥漫
隐隐幽幽的香，把土地赐予的饱满
优雅释放

一朵又一朵纯白，在水中盛放
莲花怒放，棉桃绽破，云被风撕开
一粒粒卑微，经过火和水的煎熬
一种美好在动荡中
水乳交融，浑然天成

没有道理拒绝一把米的诚意
投身生活，是最大的勇气
捧起一碗喷香，细细啜饮
春夏秋冬在血脉中徐徐盛开

江河水

如果没有根,就去僻幽处

深深向泥土探寻

大口大口吞咽下寂寞与孤独,同时

让安静在血液里游走

把眼泪和血汗统统积攒起来

一点一滴跨越时间的崇山峻岭

再回首,你已蜿蜒成一部历史

不要做杯中水,除了给人安慰

从来没有自己

要做就做江河水

哪怕命运起承转合,哪怕生命断流枯涸

哪怕被命运随手打翻

也不会一败涂地

只要雨季来临

一转眼就可以一跃而起

你必须穿越冷冽的酷寒和夜的黑

你也必须承载种种污秽

还得迎击巨石的粉碎

还有桥的胯下辱，以及山的拦截与刀劈

向东，向东，只要迎着光明初升的地方

只要坚持永不停息的信仰

痛着忍着，哭着笑着

咬紧牙关握紧双拳

接纳百川胸怀千壑

终至走出一部阔卷长诗

终至完成生命的浩瀚汪洋

要做就做江河水

即便在奔波中死去

也是一场无怨无悔的赞誉

自尊

自尊是一副骨头
困窘饥饿的时候,它愈发嶙峋硬挺
走在哪里都会碰得生疼

需要血肉哺养,需要柔软包裹
除非炼成金刚
否则,它迟早会碎成粉末

宽恕

伸出手,接住你的一团温暖
展开手掌,只有一个创伤
就那样一直被疼痛恶语诅咒
仿佛一切都不得好死
一波一波环环相扣,无法终止

要么,你扔下巨石击碎它
任它浪起三尺冤冤相报
要么,你转身离去,用时间
购买一场无奈的结局

还不如,还不如轻轻吹口气

止住疼痛敷上药粉

然后将掌心打开,让阳光晾晒

不信你看

你放走的是痛苦,留下的是治愈

炼

我在烈焰里翻滚

我在捶打中哭泣

我在冰与火的浇漓中肝肠寸断

我在你的摧残里

一丝丝一寸寸万变千幻

在颈项上开出灿烂

在玉指上映照霞辉

把誓言点石成金

把思念物化成形

我不过一块铁石

若非你度我迷津

若非一场死去活来

何来那厅堂之上

不朽的神奇

剃度

恩恩怨怨是是非非

谁的心里

不是杂草披离

从磨石上接过一束寒光

一个简单的挥劈

青丝纷落

头顶从此

清虚空寂

可是谁甘愿

绝了红尘的根

举目向佛

法门外谎言如香艳的春风

千年香火也难烧尽

心底的岁岁荣枯

遍地尸体

我去过江南,花草离离
我到过漠北,风沙漫漫
走在哪里,我都喉咙沙哑口干舌燥
血液在血管里焦虑得烟熏火燎
渴得要死了,找不到一口干净的水
一条条大大小小的河,尽数死去
遍地尸体,越是城市的地方越是密集
黑污,肮脏,散发腐臭

还有一些远方的水,挣扎地活着,
用最后的鲜血
哺养冷酷的人类,还有花草和鸟兽

辑四 ■ 青梅、酒和英雄

谁的利刃如此无情,斩杀了纯洁无私的精灵
一任她们自生自灭死无葬身之地

无求地活着无怨地死去
用生命哺养人类,却讨不回一个微薄的在意
天意不可饶恕,天道终会轮回
她们的尸体早早晚晚会腐朽在人类的
骨头里

砂纸

抛出谎言、背叛、柴米油盐
还有生老病死
来打磨生活,以及生活中的你我
有时血肉模糊,有时剧痛难忍
一层层落下,堆砌在玉堂的角落

铁铸的拐角处渐渐细腻如玉
一把扶手椅映照出门外的光影
棱棱角角和坑坑洼洼,到头来
与丝缎的光滑媲美

这是一场较量，比拼硬度和质地
那些苦那些痛那些刻在心上的伤痕
不过一张砂纸，它用粗粝
消灭粗粝，用硬度锤炼硬度
如果经不起打磨变得残损
那就证明我们的骨头尚不具备
金玉的品质

清水，流过身体

被焦虑蹂躏的时候
被疾病撕咬捶打的时候
被伤感扑过来塞住呼吸的时候
有时被寂寞掏空，有时被情意抛弃
有时摔倒在时光里，踉踉跄跄无法站立

坐下来喝一杯清清的水
丝丝温润清凉，沁入脾肺
或者，看着它从头顶的管子
滴滴纯净走过血脉渗入身体

喝下一口清水，饮下一次天意
太多悲喜堆积成垃圾
该舍得用简单干净来一次清洗
把透明、纯粹和安静纳入血脉
跟着一杯清水，回溯历史
或许你在源头，会看见那个婴孩
那个自己，洞明如水

真相

它躲在一扇笑意盈盈的门后
啐一口在你脸上,接着
狠狠赏你一个耳光
羞耻尚在唇角战栗
疼痛滚在心上
一转眼,它又奉上一束鲜花
甜言蜜语笑容可掬

真相真的很邪恶
喜怒无常善恶难辨真伪叵测
可是它总有一副面孔
会让你刻骨铭心

你去看鞭子抽打下的花朵和叶子

就会明白

它只对单纯和幼稚

狠下杀手

有些事情

你在深海里投下一粒石子,或者
你在噩梦里呜咽一声
足迹被道路吞没
年华被时光掩埋

有些事情不要追问
就像爱情里的誓言和
表情达意
越是膨大越是虚空
越是幻美越是绝情

月落乌啼霜满天

江枫渔火对愁眠

如果捶打这首绝妙好辞

只会看到一颗心血泪玲珑

肉身生来沉重,灵魂生来轻渺

而人性和道德

从来不堪拷问

不如,披一身尘埃

垂首阖目

在午后的阳光里稍事歇息

青梅、酒和英雄

猝不及防,你一箭射中我的眉心
亏了一张谎言织就的美丽面纱,我才得以
在史册中鼎立天下
青果一枚,从此烙在眉心
成为我的妆饰,在勾栏瓦厮的酒香中熠熠生辉

谁才是真正的英雄
历史从来机关重重令人费解
寥寥数语可为真相编织一件金缕玉衣
旁观者看了又看说了又说
到底谁可以来为你我作证

辑四 ■ 青梅、酒和英雄

不要用青梅了,还是用时间吧

再投以勇士的血和智者的脊柱

酒香腾起,举杯畅饮,也许你会看见

尸体横陈的疆场上

谁的骨头不会被口水与潮流腐蚀

诗与诗意无关

无力构筑琼楼玉宇
也不甘心自陷沟渠
夜里擎着一盏灯,独自在幽僻小径
反复徘徊,找寻可以安心的住所
于是
流下泪水,落下叹息,或为一朵夜色里的花
驻足流连
落在纸上,赋予诗的桂冠

诗与诗意无关
一个无能的匠人,做些微景聊以自慰
让一颗颗词语一条条短句各得其所

然后精雕细镂,细细渲染

一个宏观的梦想蜗居其中

诗穷愈工,这玄机

千年以前已被一语道破

诗与诗意无关

那不过是一个穷途的人咬破蚕茧,吐出银丝

和着泪水织就的三尺锦绣

豆腐渣

一方豆腐,用清白温润哺养生命
哪怕滤掉的残渣,也是肠胃的座上宾
而你,化为齑粉之后,我只看见
消化不了的民脂民膏,被吐出来
腐烂、肮脏,臭气熏天
豆腐渣工程
你白白侮辱了一个美好的词汇

吞了道路的钢筋,吞了桥梁的支柱
吞了教学楼用以锁链砖块的水泥
吞了敬老院屋顶的瓦片,甚至
连图书室架板上的钉子也不放过

一条贪婪的巨蟒，张开口对着物质
生吞活咽，在腹内堆积如山

道路断了脊梁，桥梁散了骨架
噩梦在昭昭艳阳下一幕幕上演
无辜者的幸福瞬间支离破碎
大地轻轻一个咳嗽，教学楼里松散的砖块
倾泻而出
生生将孩子们的头颅残忍砸碎
深秋季节，天真的老人们怨恨屋内漏落的雨水
踮起脚，抽出一本书，梦想还没有打开
架子塌倒，美好的青春就被事故致残

偷梁换柱，偷工减料，你这丧尽天良的勾当
豆腐渣工程，罪恶的见证
今生也许侥幸苟活
彼世，那些枉死的冤魂
将给你及这巨蟒，一个彻底的清算

夜里

夜色染黑了城市

举杯饮下一杯

忘情的酒水

踉踉跄跄

将甜蜜幸福快乐痛苦和欺骗

尽数呕吐

是否可以就此干净决绝

是否可以就此获得重生

掏出一颗心

我曾经去敲打你的门板

那墙头潋滟的春光啊
那玉门关外朝朝暮暮的梦想
招招摇摇
淹没了我，淹没了远方

转眼即是夜的黑夜的冷
看得见摸不着的温暖与绚烂
原来是一场自欺自慰的神话
我摸不见自己的心啊
我的胸口冷风洞穿

伸向你的手掏给你的心
请你还给我吧
我还要披甲上马
带着我的弟兄
跨越铁寒如冰的玉门关

蹒跚

也许你过了四十岁就健步如飞
左右逢源,进退自如
一盘棋步步为营,皆可掌控
可是我,始终步履蹒跚
骨头里住着一个笨拙的孩子
走到哪里都容易磕磕碰碰
世事和人心峰峦叠嶂
我总看不清迎面而来的面孔
有时我战战兢兢,有时我顾虑重重
有时我碰着了别人,有时被别人撞得疼痛
我始终都没有学会奔跑和超越

有时会被花朵陶醉，也会为一片叶子流泪
或者宁愿抱住一只流浪的狗狗
在它的眼神中找到心灵的慰藉

我是越来越不会走路了，我是上帝的笨孩子
那就让我一个人走吧，蹒蹒跚跚踉踉跄跄
摔倒了也无人在意

雪落西域

溯河而上。金城,张掖,嘉峪关,敦煌
然后,继续向西
驼铃阵阵,穿过历史的风尘,迎面而来
谁把血肉融进这片疆土
谁把功勋写进汉家史册
谁在城墙上用羌笛怨诉杨柳
谁在楼兰的灯火中暗自哭泣
猎猎长风,扯起一面雪白的帷幕
剑戟,厮杀,妖媚的舞姿,葡萄美酒
陷于茫茫,然后,天幕四合唯余飞舞

一场雪,覆盖一段过往

辑四 ■ 青梅、酒和英雄

有人殉葬有人藏匿,有人在天晴后探寻真迹
足迹或深或浅,来的人来去的人去
去楼兰找夜舞的姑娘,去吐蕃摘一朵格桑花
舀起罗布泊的湖水,咀嚼龟兹的葡萄
一支笔各怀异志,谁也无法复原昨日时光

今夜,天又落雪。背靠一匹骆驼
它的温热沿着皮毛进入的血脉
唯有它,宠辱不惊
安安静静地穿过千年风霜
用一串足迹,见证沧海桑田

贫穷

没有鲜衣华冠,更没有玉堂金马
被锦衣玉食放逐远僻之地
手里只握着几粒词语
就像簸箕里少得可怜的豆子,扒拉扒拉
发出令人焦虑的声音
可是,也得用它们兑换想要的东西
有时用针线缀成珠子,有时又缝成一件棉衣
有时堆叠起来点上火,驱赶黑夜营造光明
有时排兵布阵,率领它们扑打寂寞和衰颓

它们可笑又可爱,可怜又可敬
势单力薄,却也永远不死

跟着我，成为贫穷的标签，让我遭受嘲讽
却也誓死效忠，对主人不离不弃
脚下的路幽晦又崎岖，那就
把它打磨成拐杖吧
扶着我，走下去

花残

还没有来得及去看你
你就被时间抽走了华美
在风中憔悴蜷曲,一触即碎。仿佛
一段搁置在时光深处的恋情
俯下身,一次次嗅闻你
沧桑,穿过鼻息贯注全身
魂香一缕穿越枯败,经久不散
如果曾经真诚热烈地绽放
美的尸身,依旧是美
何妨被风弃置尘埃,碾成污泥

暗疾

时光把一根小刺植入躯体

命运从此在某一个枝叶上皱褶,一层层蜷曲

在敏感脆薄的夜梦中

有时落下泪水,有时发出咒语

用咬牙切齿抵抗溯流而上的不息疼痛

肋骨,脊柱,指尖的漩涡,时时被暗流惊惧

纷纷回头,找不到根源,继续隐忍

花叶枯凋,希望一片片堕落在尘土中

借助一枚锋刃,对准自己

找寻暗疾隐遁的角落

如果不果断自裁，那就在腐臭中一点点死去
把伤口翻出来吧，哪怕艳若桃花
切割，摘除，毫不怜惜将刺剔出
让阳光晒干疮溃，让风，给予抚慰
把盐水也浇上去，用酒精焚毁怯懦的根系
劫后，一场重生，在骨头里生出新的枝叶

辑四 ■ 青梅、酒和英雄

一朵不想结果的花

当我收回向生活讨要的双手
生活也放过了我
卸下镣铐、枷锁,还有落在脊背上的抽打
脚下踩着云朵,一种释然让行走轻捷如飞
把书合上把笔搁下,还有那个叫作"梦"的空瓶子
不如蓄上水,养条小鱼
看她在一抔湖泊里,随遇而安,自由自在

让头悬梁锥刺股去找苏秦吧,此刻
我想呷几口小酒,让热度在血管里奔流
让面庞染上血色,然后轻轻睡去
做一个美妙的梦,不再风雨兼程

躺在篱笆墙边,身姿慵懒,迎着朝阳

慢慢开放,开出一朵

不想结果的花

落水

是谁在哭泣,我伸出手去

触摸到雨滴的冰凉

一颗一颗砸下来,银白的箭头朵朵飞起

悲伤太过沉重

明媚的五月被淹没,一段承不起的过往

从天而降,瓢泼,倾盆

她就这样顺手摘走了我的鲜花

一片一片,在头顶随风飞过

那落在泥土里的模样

那满脸泪痕的悲伤

在一场痛哭后,逐渐被光阴扫入

看不见的地方

纸鸳鸯

牧师打开经书,放出一个故事
在祈祷中飞落尘寰
衔着一对诺言,将它套上一个叫作
"无名指"的山峰
山峰下压着一张钦印的纸
据说它可以把故事的灵魂锁进保险箱

比翼双飞,云中欢会
风在翅尖萧萧歌吟,一段美好
总是从此开始叙述
两只相爱的鸟儿啊,只恨天空太低
也许对幸福太过骄奢,一阵风

吹出妒忌的口哨

就这样落入水中,浑身湿透

来不及拯救,就已随水流入淤泥

原来婚礼上牧师放出的

不过一对纸鸳鸯,不经历

一阵风一池水的考验

很难看到故事的真相

卧薪尝胆

有些击打,让你穷途末路
穿越纵深的荆棘丛林,在夜里在雨水中
摸爬滚打,潦倒落魄
无法褪去的褴褛,在再次升起的阳光中
发出凄厉破败的招安呼声
就这样,在一粒米一抔水面前
含垢忍辱

唾在颜面上的怜悯,烈火一般
焚烧着骨头里的自尊
一次次自行折断肋骨
跪下去,接过嗟来之食的短暂温热

无法归属无法臣服无法饮恨

活着强暴了世界的一切法则

捧出这具屈辱的肉身吧，让豺狼去啃食

只要留着一颗心，卧薪尝胆

且为她

营造重生的营地

诛己书

枕着迷幻的梦境,将自己

搁置在时光的水面

有时浮上浪尖,有时陷落谷底

有时候被沿岸花草留滞,有时候

被一场大雨打落悬崖

也曾试图攀缘一棵树,藤蔓劲韧

咬住一束阳光把生命的绿色送向蓝天

也曾想努力扎根一抔土,和草在风中起舞

懒惰,脆弱,愚蠢,颓废

在河流中游布起阵势

一次次败下阵来,流水日益枯涸

礁石划破手臂，看见生活的真实在河底
露出凶狠的面目

从未打造一条船，也许狂妄也许没有木头
就这样搁浅了，在时光的岸滩上愧悔难当
夕阳在远处招手，背过身
写一份诛己书，和不甘心一起收入囊中
必要时作为鞭子抽打自己，鼓足勇气
赤足踩着碎石，步入荆棘丛生的现实

如何了却这一天

燕子已经飞走

桃花化为春泥,或者

陷入沟渠

隔着大河,我望着你

身影无情如风虚空如云

眼泪流不出来苦涩吞不下去

夜夜夜夜你在隔世里撩乱我的梦境

精神她是个难养的物种

玉堂金马胭脂丹蔻

菱花镜里看不见的漫漫哀愁

辑四 ■ 青梅、酒和英雄

揽不住时间的纤纤小蛮腰

她的发丝鞭打着我的每寸光阴

流着血流着泪涂抹出艳丽惨烈的生活画卷

没有爱和梦想

生活在哪里都是死路一条

如何了却这一天

亲爱的我抓不住你

没有你用亲吻和爱抚给我的喂养，叫我

如何了却这一天

我坚信

我坚信,世界是爱我的

阳光让我的血液充满温暖

雨落下来,在我的血脉里奔涌不息

柔软而温润的土地上

春风一挥画笔,世界就变成巨幅油画

春夏秋冬,随意阅览

大地上每一朵花都尽力开放

为我殷勤奉献美好姿容

秋来五谷丰登,每一粒粟米

都甘愿经过千锤万击,以及水与火的煎熬

然后,进入我的血液我的骨头

在我饱满温润的肌肤上

辑四 ■ 青梅、酒和英雄

鲜艳的唇舌上,以及眉目之间和

每一丝毛发上,每一步奔跑中

获得闪光的重生

肉身终将化为灰土,深埋地下

我坚信世界是爱我的

生所承恩,一一回还

生命终将善恶轮回,自来处来,往去处去

留一颗纯善的种子,融入泥土

在一棵草的叶端随风起舞

在一朵花的绯红里笑对蓝天

影子

深秋

在我背后

你被灯光拖的很长很长

我在前面悄悄流泪

你在后面默默无语

回过头

你看着我

我看着你

打你不走

踹你不去

飞驰而过的车辆

差点把你撕碎

辑四 ■ 青梅、酒和英雄

寂寞落下

你还在原地

亲爱的

我想揽你入怀

蹲下身子

你也蹲下

我们听见

彼此的鼻息

寒冷深重

人流熙熙

亲爱的,只有你

永远对我

不离不弃

亲爱的

为了拥有你

我也要走在光明里

落发为尼

穿越红尘

我已支离破碎

星星满天

我在夜晚深处

放声痛哭

你就放开我的衣袖吧

月亮在哪个角落悲伤成疾

英雄绝尘而去

留下虞姬夜夜哭啼

多少次我掩面而泣

最终无能为力

桃花年年盛开
我找不到春天的踪迹
果香弥漫
栅栏外我形销骨立

酒杯里爱情盈盈欲滴
一饮而尽,瞬间
盛满空虚
灯火尽头
只有我的影子
不离不弃

你就放开我的衣袖吧
古刹的乐声让我如此着迷
忍抛三丈青丝,我
落发为尼

刻舟求剑

站在同一棵树下,无法再次看到今年的春光
风把花瓣送走了,流水和时间私奔而去
失落了珍爱的东西
你在江面的船上用怀念刻下印记
我说,算了吧,刻舟求剑不过一场自慰
投身打捞,更是一场笑话
用生命换一个失而复得
手捧朽烂的残骸,只能徒增悲伤

天越来越高,云越来越淡,秋风吹到了骨头里
往事早已绿肥红瘦,花事业已过期
一朵浪花带走一粒沙是容易的

让海水打湿脸庞就可以了,毕竟
过于沉重或者过于轻渺,都不易掌控
回去吧,忍过寒冬的荒芜与肃杀
去枝头,拥抱下一个春暖花开

衰老

从过去一点点挣扎出来
像蝴蝶艰难褪去沉重的蛹壳
飞到今天,却想回到过去,日胜一日

把遗落的麦穗一个个捡起
把牛羊的皮毛梳洗干净
把山坡上的春天带回来种在房前屋后
把父母的叮咛琐碎一粒粒收起
藏在随身的囊袋
去看命运丢在远处的邻家姐姐
去村口听白杨树唱歌
去溪边看鸭子摇摇摆摆

去坟前,对姑母诉说思念

把恨过的人晾晒在阳光下,看他们慢慢温暖
把爱过的人翻找出来,兑上疼痛
在口舌之间,再咀嚼一遍
把形迹可疑的人事点击删除
对着一棵草流连忘返无限怜惜

这是时间,对我委婉以告
悄然而至的衰老

药

身中千刀,却始终不能抵达痛苦的核心
落花一般鲜红,一片一片堕入尘土
直至体无完肤,骨头上疤痕历历在目
你的诺言,成为射入骨头的一粒子弹
无药可医,试图通过另一种疼痛代替
将自身沉入泥淖,滚成猪狗,肮脏一身
爬过去,匍匐你脚下,任你踢踏与毒打
任口角开裂,任面庞青肿
任自尊的脊柱寸寸断裂,发出凄厉的惨叫
或者将自己裹上一丛荆棘投掷沟渠
一根根尖锐穿过肌肤,任疼痛咬碎牙齿
任鲜血在沟畔开出一片浓艳的花

世间可有良药能医此痛

一步一叩首,膝行数万步,我面佛而泣

佛陀说

摊开双手

供出子弹

交给时间